KB064464

집짓기
해부도감

IEZUKURI KAIBO ZUKAN
© KENJI OSHIMA 2014
Originally published in Japan in 2014 by X-Knowledge Co., Ltd.
Korean translation rights arranged through BC Agency. SEOUL
Korean translation rights © 2015 by The Soup Publishing Co.

이 책의 한국어판 저작권은 BC 에이전시를 통한
저작권자와의 독점 계약으로 도서출판 더숲에 있습니다. 저작권법에 의해
한국 내에서 보호를 받는 저작물이므로 무단전재와 복제를 금합니다.

오시마 겐지 지음 ― 황선종 옮김

집짓기 해부도감

가족 구성원의 감성과 소박한 일상을 건축에 고스란히 녹여내다

더숲
THE SOUP

이 책은 어떤 책인가?

집짓기 레시피가 빼곡하게 들어 있는 책입니다.

일러스트 만재! 도감처럼 어디서부터 읽어도 상관없습니다.

실례로만 구성되어 있어 리얼리티가 있습니다.

누가 어떻게 읽어야 하는가?

많은 실제 사례들로 설명되어 있어, 앞으로 집을 지을 사람이 쭉 훑어보면

새로운 아이디어가 떠오를 수 있습니다.

주택 설계사를 꿈꾸는 젊은 사람은 몇 번이고 되풀이해 읽어보면 큰 도움이 됩니다.

주택 설계 경험이 많은 사람은 이 책을 통해 새로운 관점을 가질 수 있습니다.

누구를 위한 집짓기인가?

집 안에서 신나게 뛰어놀다가 엄마에게 매일 혼나는 남자아이.

때로는 혼자 상상에 빠져 지내고 싶은 여자아이.

매일 육아, 가사, 수험생 뒷바라지에 쫓기며 사는 엄마.

집에 돌아와도 자신만의 공간이 없는 아빠.

육아 시기가 지나 자신들의 시간을 즐길 수 있게 된 부부.
앞으로 부모와 동거하게 될 사람.
앞으로 자식과 동거하게 될 사람.
영원히 머물 집을 찾는 당신….

다른 책과 어떻게 다른가?
예전 주택의 모습을 돌이켜볼 수 있습니다.
다양한 일상생활의 장면을 떠올릴 수 있습니다.
20, 30년 앞을 내다볼 수 있습니다.

차례

2장 집 전체의 배치를 생각한다

1장

쾌적한
생활의 구조

거실·다이닝룸·부엌은 자연스럽게 이어지도록

가족이 모이는 공간인 거실이라는 개념은 1910년대부터 생겼다고 합니다. 그런데 지금은 가족이 모여 함께 시간을 보내는 일도 드물어졌고 거실도 그 본래의 의미가 희미해졌습니다. 아쉽긴 해도 이것은 어쩔 수 없는 일이겠죠. 뭔가 함께 일을 하는 것은 아니지만, 왠지 모두 한 공간에 있으면서 같은 공기를 마시고 부엌에서 일하는 엄마도 은근히 식구들의 기척을 느낄 수 있는 곳. 이렇게 막연하게 이어지는 공간이 현대의 거실·다이닝룸·부엌이 아닐까요.

● **자연스럽게 공기를 공유할 수 있는 현대의 거실·다이닝룸·부엌**
제각기 다른 일을 해도 자연스럽게 함께 생활한다. 다음과 같은 관계가 편안하다.

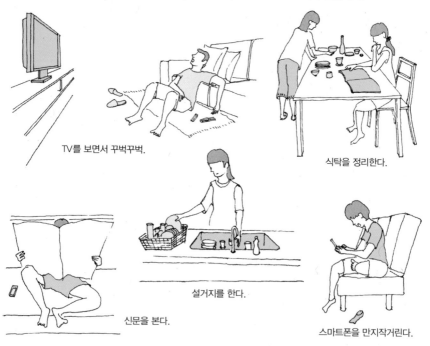

TV를 보면서 꾸벅꾸벅.

식탁을 정리한다.

설거지를 한다.

신문을 본다.

스마트폰을 만지작거린다.

● 부엌에서도 볼 수 있는 TV

엄마를 홀로 동떨어지게 하지 않고 부엌에서 TV가 보일 듯 말 듯 배치하는 것이 포인트.

부엌의 정면에 TV

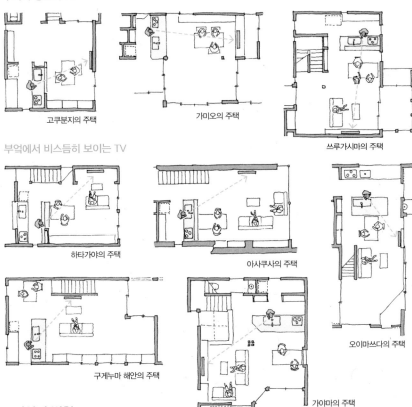

고쿠분지의 주택

가미오의 주택

쓰루가시마의 주택

부엌에서 비스듬히 보이는 TV

하타가야의 주택

아사쿠사의 주택

오이마쓰다의 주택

구게누마 해안의 주택

가야마의 주택

● 거실의 변천

가부장제를 상징하는 공간에서 식구가 단란하게 모이는 공간으로

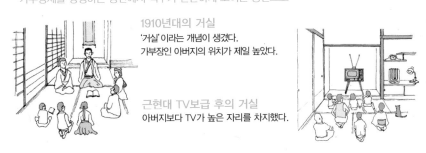

1910년대의 거실
'거실'이라는 개념이 생겼다.
가부장인 아버지의 위치가 제일 높았다.

근현대 TV보급 후의 거실
아버지보다 TV가 높은 자리를 차지했다.

TV의 자리를 생각한다

TV가 얇아지면서 평면계획을 세우기가 한결 쉬워졌습니다. PC나 스마트폰을 이용하는 시간이 늘어났고, TV 앞에 가족이 오순도순 모여 앉아 즐기는 시간은 줄어들게 되었습니다. 이제 TV는 창밖의 풍경처럼 자연스럽게 집 안에 배치될 수 있도록 주의를 기울여야 합니다. 모양이 얇아진 덕에 어디든지 놓아둘 수 있게 되었지만, 그렇기 때문에 오히려 TV 자리를 확실하게 마련해두어야 합니다.

● 거실의 가장 좋은 자리에 당당하게 자리잡고 있는 1970~80년대의 TV

스테레오급의 HiFi4 스피커 방식…
전자연동 BCC방식…
전자두뇌 PST장치…

캐비닛은 멋지게 유리가 끼워져 있고,
광택이 있는 고품질의 폴리에스테르 도장으로 마감…
실내 장식품으로 이보다 더
방 안에 어울리는 TV는 없습니다.

● 다양한 TV 선반

(단위 : mm)

경쾌하게

비대칭 디자인으로
산뜻한 느낌을 준다.

(아사쿠사의 저택)

수납 공간 확보

바닥과 선반 사이에 공간을 두어
방을 넓어 보이게 한다.

(쓰루가시마의 집)

작고 간결하게

콘센트를
보이지 않게.

(하스네의 집)

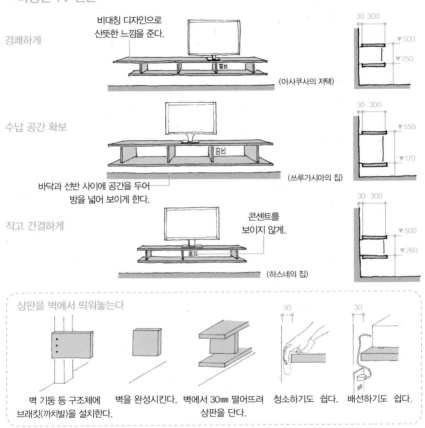

상판을 벽에서 띄워놓는다

벽 기둥 등 구조체에
브래킷(까치발)을 설치한다.

벽을 완성시킨다.

벽에서 30mm 떨어뜨려
상판을 단다.

청소하기도 쉽다.

배선하기도 쉽다.

● 벽에 TV를 박아 넣는다

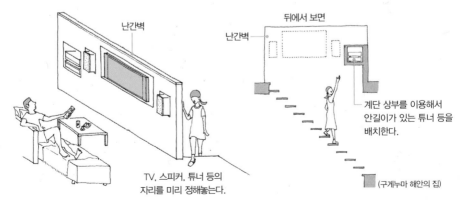

난간벽

뒤에서 보면

난간벽

계단 상부를 이용해서
안길이가 있는 튜너 등을
배치한다.

TV, 스피커, 튜너 등의
자리를 미리 정해놓는다.

(구게누마 해안의 집)

15

● 앞과 뒤가 있는 TV 선반

앞

거실 쪽에는 배선 등이 보이지 않도록 깔끔하게. TV 너머로 아버지의 기척도 느낀다.

뒤

TV 뒤쪽은 오디오 마니아인 아버지의 비밀기지로.

(가미오의 주택)

● TV를 숨긴다

열면   닫으면

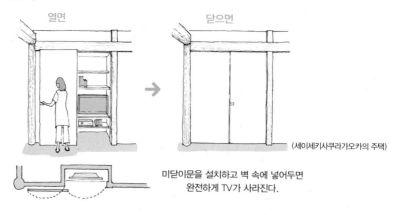

(세이세키사쿠라가오카의 주택)

미닫이문을 설치하고 벽 속에 넣어두면 완전하게 TV가 사라진다.

16

부엌을 동떨어지게 배치하지 않는다

전시장에 가면 번쩍번쩍 빛나는 부엌들이 진열되어 있는 것을 볼 수 있습니다. 그중에는 고급 외제차 못지않은 가격표가 붙어 있는 것도 있습니다. 하지만 부엌은 어디까지나 '집'의 일부이며 부엌일을 하는 사람의 '도구'에 불과합니다. 아일랜드형 부엌, 반도형 부엌* 등 다양한 종류가 있지만, 중요한 것은 부엌을 다른 것들과 동떨어지게 배치해서는 안 된다는 점입니다. 부엌을 선택할 때는 먼저 가족들이 생활하는 모습과 부엌일을 하는 모습을 상상해봐야 합니다.

냉장고·개수대·가스레인지의 삼각관계를 어떻게

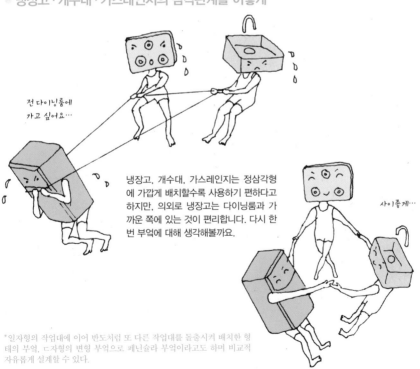

전 다이닝룸에 가고 싶어요…

냉장고, 개수대, 가스레인지는 정삼각형에 가깝게 배치할수록 사용하기 편하다고 하지만, 의외로 냉장고는 다이닝룸과 가까운 쪽에 있는 것이 편리합니다. 다시 한 번 부엌에 대해 생각해볼까요.

사이좋게…

*일자형의 작업대에 이어 반도처럼 또 다른 작업대를 돌출시켜 배치한 형태의 부엌. ㄷ자형의 변형 부엌으로 페닌슐라 부엌이라고도 하며 비교적 자유롭게 설계할 수 있다.

부엌을 만들기 전에 해야 할 일

먼저 고려해야 할 6가지 포인트

① 일하는 사람 수는?

아이들과 함께 부엌일을 하고 싶다.

② 필요한 수납량은?

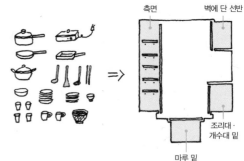

③ 수납 장소는?

측면
벽에 단 선반
조리대 · 개수대 밑
마루 밑

④ 집에 맞는 크기는?

그토록 원하던 아일랜드 부엌으로 했는데…

⑤ 냄새, 연기, 튀는 기름을 어떻게?

연기 · 증기
냄새
튀는 기름

⑥ 보여줄 것인가? 감출 것인가?

항상 깨끗하게 정리해두고
번쩍번쩍 닦아놓고 싶다.

늘 쓰는 부엌용품은
보이는 곳에 놓는다.

은닉형 수납

VS

진열형 수납

◉ 다이닝룸과 연결하는 방법

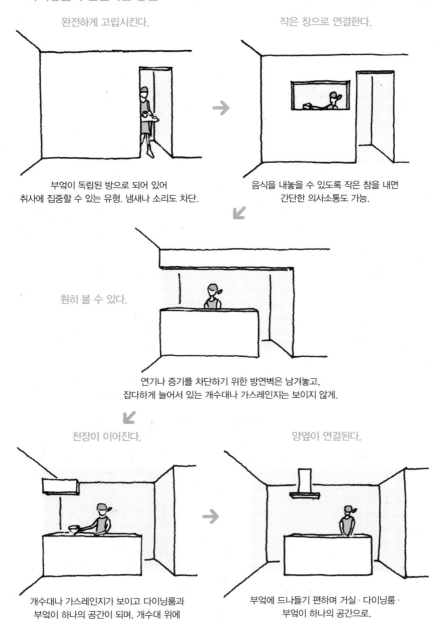

완전하게 고립시킨다.

부엌이 독립된 방으로 되어 있어
취사에 집중할 수 있는 유형. 냄새나 소리도 차단.

작은 창으로 연결한다.

음식을 내놓을 수 있도록 작은 창을 내면
간단한 의사소통도 가능.

흔히 볼 수 있다.

연기나 증기를 차단하기 위한 방연벽은 남겨놓고,
잡다하게 늘어서 있는 개수대나 가스레인지는 보이지 않게.

천장이 이어진다.

개수대나 가스레인지가 보이고 다이닝룸과
부엌이 하나의 공간이 되며, 개수대 위에
달아놓는 수납장 등도 제거.

양옆이 연결된다.

부엌에 드나들기 편하며 거실 · 다이닝룸 ·
부엌이 하나의 공간으로.

반도형 부엌은 만능선수

이전의 부엌은 일반적으로 벽에 붙은 I자형이어서 아이들은 엄마의 뒷모습을 보며 자랐습니다. 하지만 지금은 다이닝룸이나 거실에 있는 가족과 공간을 공유할 수 있는 대면형 부엌이 주류가 되었지요. 대면형 부엌 중에서도 가장 쉽게 만들 수 있는 것이 바로 반도형 부엌입니다. 작은 집에도 충분히 배치할 수 있으며 창문이나 뒷문을 적절하게 내면 꽉 막힌 듯 답답한 느낌도 없앨 수 있습니다.

● 좁은 집에 적합한 반도형 부엌

플랫카운터형
조리대와 개수대의 상판을 좀더 넓게 만들면 카운터로 쓸 수 있으며, 아침에 일찍 출근하는 사람은 여기에서 간단하게 밥을 먹고 갈 수 있다. 치우기도 쉽다.

카운터 의자
보통 의자는 높이가 40~50㎝이므로 부엌 카운터에는 이보다 좀 더 높은 60㎝ 정도의 의자를 사용한다.

키 높은 카운터 유형
개수대나 가스레인지 주변을 감추고, 물이나 기름이 다이닝룸에 튀지 않게 한다.

1. 쾌적한 생활의 구조 · 부엌

● 둘만 생활하는 작은 부엌(플랫카운터형)

효율적으로 작업할 수 있으며 아침식사도 여기에서 해결한다.

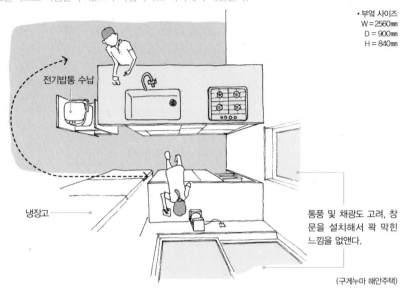

• 부엌 사이즈
W = 2560㎜
D = 900㎜
H = 840㎜

전기밥통 수납

냉장고

통풍 및 채광도 고려, 창
문을 설치해서 꽉 막힌
느낌을 없앤다.

(구게누마 해안주택)

● 작업 공간이 충분한 부엌(플랫카운터형)

폭이 3m가 넘기 때문에 여유롭게 작업할 수 있다.

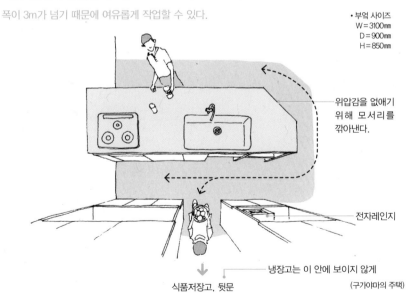

• 부엌 사이즈
W = 3100㎜
D = 900㎜
H = 850㎜

위압감을 없애기
위해 모서리를
깎아낸다.

전자레인지

냉장고는 이 안에 보이지 않게

식품저장고, 뒷문

(구가야마의 주택)

21

막힌 곳이 없는 부엌(키 높은 카운터형)

기분 전환을 할 수 있는 데크 테라스나 식품저장고, 쓰레기 처리용 뒷문 등으로 이어지는 활동적인 동선을 만든다.

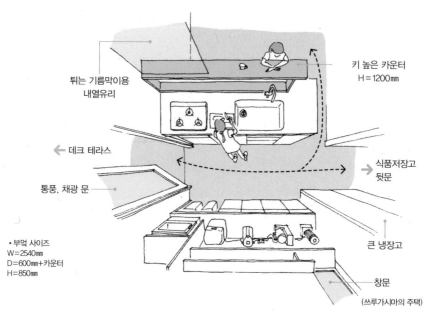

튀는 기름막이용 내열유리

키 높은 카운터
H=1200mm

데크 테라스

식품저장고 뒷문

통풍, 채광 문

큰 냉장고

• 부엌 사이즈
W=2540mm
D=600mm+카운터
H=850mm

창문

(쓰루가시마의 주택)

청결하고 기능적인 부엌(키 높은 카운터형)

개수대 밑의 수납칸은 문을 달지 않고 훤히 보이게. 물건을 넣고 빼기가 편하며 항상 청결하게 유지할 수 있다.

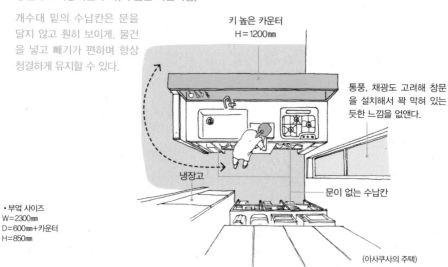

키 높은 카운터
H=1200mm

통풍, 채광도 고려해 창문을 설치해서 꽉 막혀 있는 듯한 느낌을 없앤다.

냉장고

문이 없는 수납칸

• 부엌 사이즈
W=2300mm
D=600mm+카운터
H=850mm

(아사쿠사의 주택)

부엌은 개성에 따라 배치

사람들은 물이 있는 곳에서 생활해왔습니다. 깨끗한 물가에서 불을 피우면 그곳이 바로 부엌이었던 셈입니다.

집을 지을 때 공간배치를 자유롭게 할 수 있다면, 부엌도 자신이 원하는 대로 만들 수 있겠죠. 개방적인 아일랜드형 부엌, 가족과 함께 부엌일을 할 수 있는 폭이 넓은 부엌, 가사 효율이 좋은 ㄷ자형 부엌, 주부의 아성과 같은 별실형 부엌 등 다양하게 변형된 부엌은 그 집의 개성을 보여줍니다.

● 물과 불이 있으면… 딱히 진화한 것도 아니다

석기시대의 수혈식주거. 집 안의 가운데가 부엌이었다.

근세시대 후기의 공동주택의 나무물통과 풍로.

일본의 경우 다실 옆에 딸려 있는
차 그릇 씻는 곳이 존재했다.

야외 바비큐 장. 재해를 대비한
훈련인지 원시 시대에 대한 동경인지….

개방적인 아일랜드형 부엌

독립적인 가구와 같은 부엌. 온닉형 벽면 수납으로 세련미를 추구.

• 부엌 사이즈
 W=2700mm
 D=900mm
 H=875mm

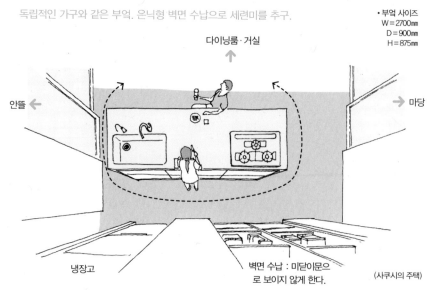

다이닝룸 · 거실

안뜰 ←

→ 마당

냉장고

벽면 수납 : 미닫이문으로 보이지 않게 한다.

(사쿠시의 주택)

주부의 아성과 같은 별실형 부엌

작업성을 중시한 주방 스타일.
상을 차리거나 정리하는 일은 가족이 모두 함께 한다.

• 부엌 사이즈
 W=2500mm
 D=700mm
 H=850mm

창문

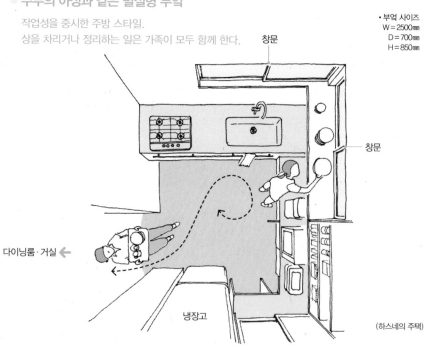

창문

다이닝룸 · 거실 ←

냉장고

(하스네의 주택)

효율이 좋은 ㄷ자형 부엌

작고 효율적이며 편의성을 중시. 협소주택이나 시간에 쫓겨 사는 맞벌이 부부에게 안성맞춤.

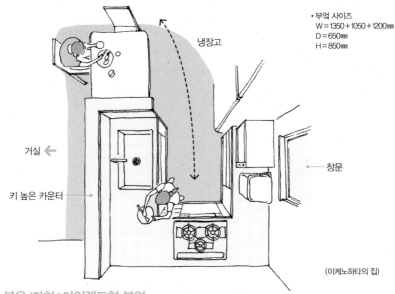

• 부엌 사이즈
W = 1350 + 1050 + 1200mm
D = 650mm
H = 850mm

냉장고

거실 ←

창문

키 높은 카운터

(이케노하타의 집)

벽에 붙은 I자형+아일랜드형 부엌

가족이 모두 함께 요리를 할 수 있는 넓이. 막힘이 없는 동선으로 부엌일에 스트레스가 쌓이지 않는다.

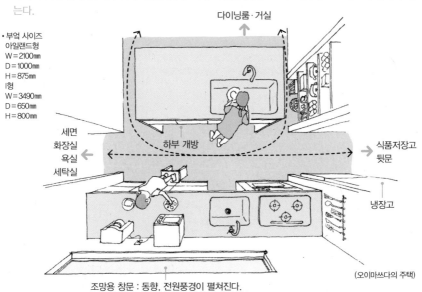

• 부엌 사이즈
아일랜드형
W = 2100mm
D = 1000mm
H = 875mm
I형
W = 3490mm
D = 650mm
H = 800mm

다이닝룸 · 거실

세면
화장실
욕실
세탁실

하부 개방

식품저장고
뒷문

냉장고

조망용 창문 : 동향, 전원풍경이 펼쳐진다.

(오이마쓰다의 주택)

거실·다이닝룸·부엌을 지나쳐가는 아이 방

현관에서 바로 아이의 방으로 들어갈 수 있게 공간을 배치하면 아이가 삐뚤어진다는 말이 있습니다. 그날그날 아이가 집에 돌아왔을 때 뭔가 달라진 점은 없는지, 아이가 보내는 신호가 무엇인지 등을 알아차리는 일은 지금도 여전히 중요한 부모의 의무입니다. 아이가 귀가해서 자기 방으로 가는 동선은 좀 불편하더라도 먼 것이 좋습니다. 또한 가는 길에 손을 씻거나 양치질을 할 수 있는 곳을 마련해놓으면 아이의 생활 습관도 좋아지겠죠.

● 부모와 아이가 은근히 서로의 표정을 확인

다녀왔습니다. 어머니.

갔다 올게요, 엄마

아침

아이의 변화를 알아챈다.

현관 / 손을 씻는다 / 아이 방

벌러덩

아이 방으로 가는 동선은 바로 계단까지 가는 길

거실·다이닝룸·부엌과 아이 방을 같은 층에 있게 하기는 어렵다.

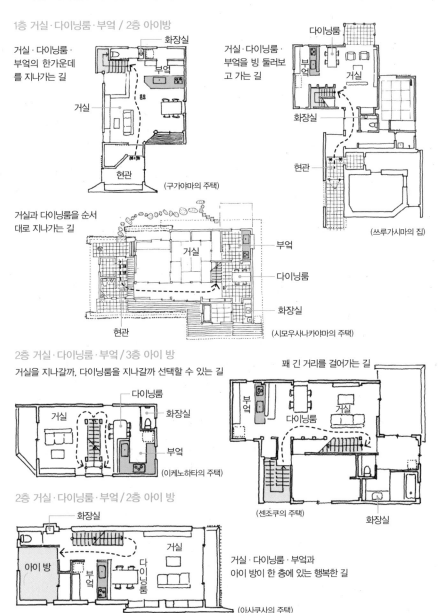

1층 거실·다이닝룸·부엌 / 2층 아이방

거실·다이닝룸·
부엌의 한가운데
를 지나가는 길

화장실

부엌

거실

현관

(구가야마의 주택)

거실·다이닝룸·
부엌을 빙 둘러보
고 가는 길

다이닝룸

부엌

거실

화장실

현관

(쓰루가시마의 집)

거실과 다이닝룸을 순서
대로 지나가는 길

거실

부엌

다이닝룸

화장실

현관

(시모우사나카야마의 주택)

2층 거실·다이닝룸·부엌 / 3층 아이 방

거실을 지나갈까, 다이닝룸을 지나갈까 선택할 수 있는 길

다이닝룸

화장실

거실

부엌

(이케노하타의 주택)

꽤 긴 거리를 걸어가는 길

부엌

다이닝룸

거실

(센조쿠의 주택)

화장실

2층 거실·다이닝룸·부엌 / 2층 아이 방

화장실

아이 방

부엌

다이닝룸

거실

거실·다이닝룸·부엌과
아이 방이 한 층에 있는 행복한 길

(아사쿠사의 주택)

맘껏 상상의 나래를 펼 수 있는 다락에 아이 방을

다락방, 더그매(지붕과 천장 사이의 빈 공간), 펜트하우스(아파트나 호텔의 맨 위층에 있는 고급 주거 공간)…. 어른에게나 아이에게나 이런 장소는 늘 그리운 공간입니다. 집 안에서 가장 후미지고 안전한 곳이며 제일 높은 곳이기 때문입니다. 언젠가는 집을 떠나는 아이들에게 마음껏 상상하고 공상을 즐기며 안심하고 지낼 수 있는 '다락방풍'의 아이 방을 만들어주면 좋지 않을까요.

● 상상력은 하늘을 난다

● 천장이 높은 쪽에 다락이 있는 아이 방

2층(최상층)은 천장의 모양과 높이를 자유롭게 할 수 있다. 천장 높이의 1.4m 이하에 있는 다락은 '층'이 되지 않는다.

(쓰루가시마의 주택)

● 천장이 낮은 쪽에 책상이 있는 아이 방

엄격하게 제한되어 있는 북측사선 1 : 0.6

언니와 동생의 공간을 2층 침대로 구분해놓는다. 협소주택에서 볼 수 있는 최대한 공간을 활용한 배치.

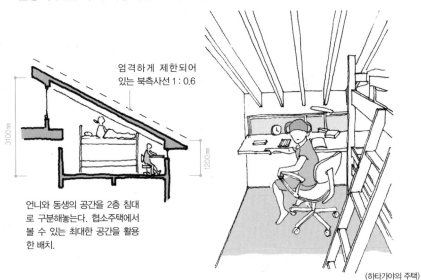

(하타가야의 주택)

29

집을 통째로 놀이터처럼

올라가지 마! 미끄럼 타면 안 돼! 매달리지 마! 매일 엄마의 잔소리가 집 안을 울려도 엄마만 지칠 뿐 아이들은 힘이 남아돌아 주체하지 못합니다. 거대한 플라스틱 놀이기구를 들여놓아도 처음에만 신나게 갖고 놀다가 이내 벽장 속에 처박히기 일쑤죠. 그렇다면 처음부터 집 전체를 놀이터처럼 만들어보면 어떨까요. 집은 의외로 튼튼하게 지어져 있으니 집이 지닌 가능성을 최대한 이끌어 내보세요.

● 올라간다, 미끄러진다, 매달린다, 흔든다

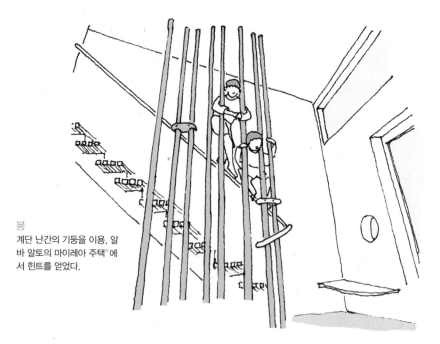

봉
계단 난간의 기둥을 이용, 알바 알토의 마이레아 주택*에서 힌트를 얻었다.

*핀란드의 세계적인 건축가 알바 알토Alvar Aalto의 설계로 만들어진 명작주택, 1939년 준공.

그네식 의자

나나 디트젤*의 행잉체어.
구조체인 들보에 아이볼트를 설치하고, 거기에 매달아놓는다.

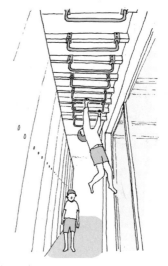

미끄럼틀

2층 벽장으로 들어간다. 미끄럼틀 바닥은 알루미늄과 아연의 합금
인 갈바륨 강판을 사용한다. 너무 미끄럽지 않게!

2층 벽장

수평 사다리

동파이프를 구부려서 도장한 뒤 2층 마루
의 동귀틀에 설치한다. 건강기구로서 어른
에게도 유용하다.

엄마가 볼 수 있는 곳에

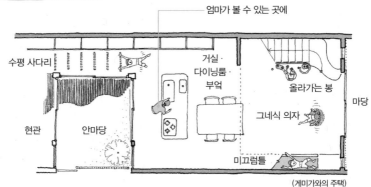

수평 사다리

거실·
다이닝룸
부엌

올라가는 봉

마당

현관 안마당 그네식 의자

미끄럼틀

(게미가와의 주택)

* Nanna Ditzel, 덴마크 출신의 여성 가구 디자이너.

승강기용 공간을 놀이 공간으로

당장은 승강기가 필요 없어도 나중에 노년에 접어들었을 때 승강기를 설치할
계획이라면 미리 설치할 공간을 확보해둘 필요가 있습니다. 보통 승강기가 설
치되기 전까지는 수납 장소로 사용하지만, 그 공간에 목제 정글짐을 만들어놓
으면 훌륭한 놀이터가 됩니다. 집을 짓고 남은 목재로 안전한 기초 구조만 마
련해두면 준공 뒤 아이디어를 짜서 원하는 대로 만들 수 있습니다.

● 승강기 공간에 목제 정글짐을

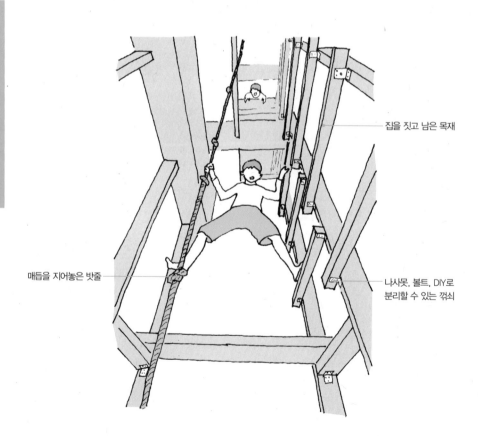

집을 짓고 남은 목재

나사못, 볼트, DIY로
분리할 수 있는 꺾쇠

매듭을 지어놓은 밧줄

● 아이의 꿈을 아버지가 이루어준다

포인트는 설계자나 시공업자에게 맡기지 않는 것. 가족이 모두 함께 만들어야 가치가 있습니다.

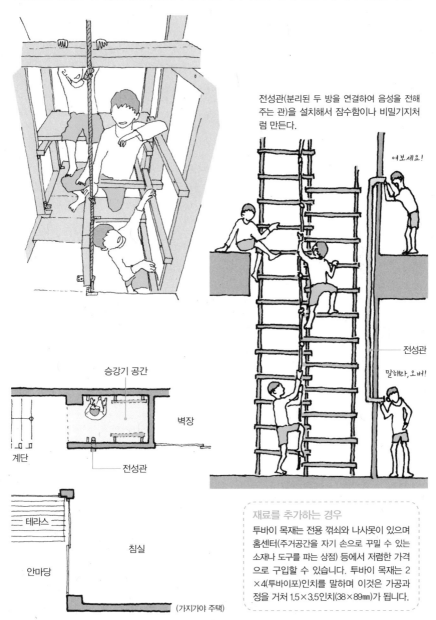

전성관(분리된 두 방을 연결하여 음성을 전해주는 관)을 설치해서 잠수함이나 비밀기지처럼 만든다.

여보세요!

전성관

말해라, 오버!

승강기 공간

벽장

계단

전성관

테라스

침실

안마당

(가지가야 주택)

재료를 추가하는 경우

투바이 목재는 전용 꺾쇠와 나사못이 있으며 홈센터(주거공간을 자기 손으로 꾸밀 수 있는 소재나 도구를 파는 상점) 등에서 저렴한 가격으로 구입할 수 있습니다. 투바이 목재는 2×4(투바이포)인치를 말하며 이것은 가공과정을 거쳐 1.5×3.5인치(38×89mm)가 됩니다.

공중에 떠 있는 듯한 느낌을 주는 은신처

아이들뿐만 아니라 어른도 은신처를 동경하기 마련입니다. 은신처는 아무에게 도 방해 받지 않는 작은 공간만 있으면 만들 수 있습니다. 집 안에 이런 용도의 공간 하나쯤 만들어두는 것도 좋습니다. 벽장 위나 계단 위 아니면 1층과 2층 을 튼 공간 옆 등을 활용하면 그럴싸한 은신처가 생깁니다.

● 벽장 위의 공중서재

(가지가야의 주택)

벽장의 높이를 좀 낮게 만들면(1500mm) 생기 는 공간. 툭하면 위에 올라가서 내려다보는 고양이의 기분을 느낄 수 있을까….

계단 위의 은신처

평면도만 봐서는 좀처럼 알아챌 수 없는 계단 위의 공간. 평범하게 수납공간으로 쓰기는 아까운 곳이죠. 이런 공간에 있으면 공중에 떠있는 듯한 기분을 느낄 수 있습니다.

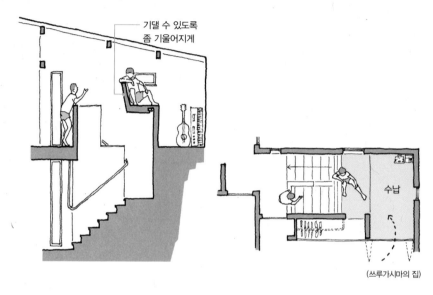

기댈 수 있도록
좀 기울어지게

수납

(쓰루가시마의 집)

1층과 2층을 튼 공간 옆의 은신처

1층과 2층을 튼 공간을 사이에 두고 옥상 테라스를 바라볼 수 있는 안정된 장소. 완전하게 단절되어 있지 않으며 거실·다이닝룸·부엌과 의사소통을 할 수 있다는 점이 포인트.

모서리를 없애고 둥글게

거실·다이닝룸·부엌

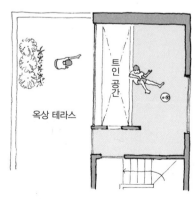

옥상 테라스

트인
공간

(도쿄 여관)

35

자기 집에서 죽을 수 있는 행복

관혼상제나 연회, 다회 등 사람들이 모이는 행사를 언제부터인지 집 밖에서 하게 되었습니다. 그리고 동물의 우리나 피난처처럼 손님이 찾아오지 않는 집을 짓는 경우가 늘어나게 되었죠. 이전에는 집이 많은 기능을 했던 것에 비해 요즘은 오히려 다양한 업체들만 돈을 벌고 있는 것처럼 보입니다. 장례식을 치를 수 있는 집을 지을 필요까지는 없겠지만, 적어도 긴 인생의 다양한 풍경을 떠올리며 집을 짓는 것이 좋지 않을까요.

● 긴 인생의 다양한 풍경을 담아낼 수 있는 집

장례식

병원에서 앓다가 죽으면 병원 장례식장에서 장례를 치르고 화장터로 갑니다.
장례식 정도는 자신의 집에서 하고 싶은 법입니다.

모두 들어가지는 못하더라도 토방이나 마당에서 장례를 지켜볼 수 있습니다.

일상

할아버지, 할머니, 어머니, 아버지, 손자 3세대가 언제나 모일 수 있는 넓은 공간이 있으면 좋지 않을까요.

연회

생일, 입학 축하, 졸업 축하, 취직 축하, 결혼 축하, 출산 축하, 위로 모임…. 인생은 여러 기념일로 가득 차있습니다.

다회

다회 따위 요즘 시대에 누가 하느냐고 생각할지 모르지만 나이가 들면 사람의 취향은 변하기 마련입니다.

지나다닐 뿐인 복도는 필요 없다

호텔이나 아파트의 복도를 지나다닐 때면 왠지 이상야릇한 기분이 듭니다. 집 안에는 그런 복도가 있어선 안 되지만 아예 복도를 없앨 수도 없는 노릇입니다. 그렇다면 지나다닐 뿐인 '복도'에 뭔가 다른 역할을 부여해 특별한 복도로 만들면 되지 않을까요. 마음의 긴장이 풀리고 편안하게 쉬고 싶어지는 멋진 공간으로 만들어보는 것도 좋은 방법입니다.

● 방으로 이동할 때만 쓰이는 복도

큰맘 먹고 집을 지었는데 내부가 호텔처럼 보인다면 그건 좀….

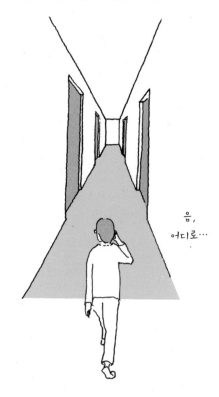

음,
어디로…

실내 빨래 건조실 + 만화 코너

3층 선룸과 같은 실내 빨래 건조실에 만화 코너나 피규어 전용 선반을 설치합니다.

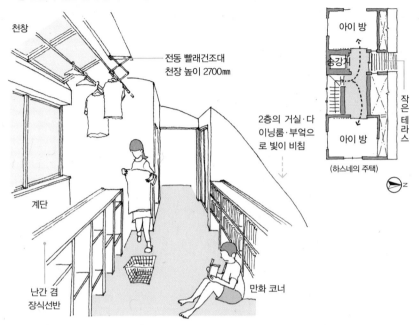

천창

전동 빨래건조대
천장 높이 2700㎜

2층의 거실·다
이닝룸·부엌으
로 빛이 비침

계단

난간 겸
장식선반

만화 코너

아이 방

승강기

작은
테
라
스

아이 방

(하스네의 주택)

N

갤러리 공간

현관에 들어서면 바로 보이는 안
뜰. 그 안뜰에서 비춰주는 부드러
운 햇빛 옆에 장식선반을 설치하
고 갤러리 공간으로 사용합니다.

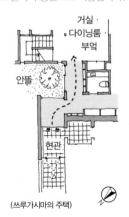

거실·
다이닝룸·
부엌

안뜰

현관

(쓰루가시마의 주택)

N

안뜰

장식선반

거실·다이닝룸·
부엌

계단을 가구처럼 친밀하게

쉽게 타지 않도록 지은 내화(耐火) 건축이나 대형 건물 등에는 보통 공장에서 제작된 철골 계단이 현장으로 운반되어 설치되지만, 개인주택에는 그와는 다른 방법으로 계단을 만들 수 있습니다. 목재를 중심으로 형강(形鋼), 나사, 볼트 등을 적절하고 정교하게 조합해서 개성적인 계단을 만들어보면 어떨까요. 의자나 책상 등의 가구처럼 사람들에게 사랑받게 될 것입니다.

● **목재를 이용해서 만드는 계단**

전통적이고 세련된 분위기에 어울리게 문살 공예품처럼 목재를 정교하게 조합해서 계단을 만듭니다.

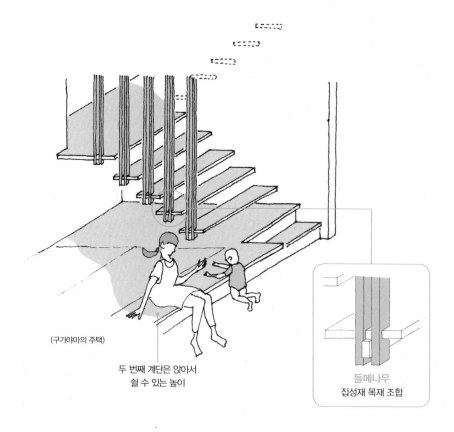

(구가야마의 주택)

두 번째 계단은 앉아서
쉴 수 있는 높이

들메나무
집성재 목재 조합

긴 나사볼트로 천장에 걸어놓은 나무 계단

최소한의 재료를 이용하지만, 튼튼하고
깔끔한 계단

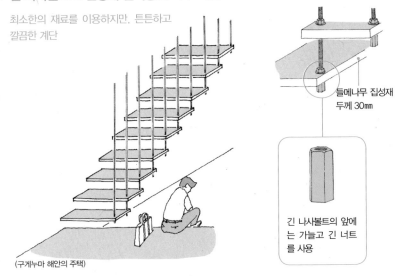

들메나무 집성재
두께 30mm

긴 나사볼트의 앞에
는 가늘고 긴 너트
를 사용

(구게누마 해안의 주택)

철과 콘크리트와 나무를 조합해서 만든 계단

세 종류의 소재를 섞어서 인테리어와
조화를 이루게 합니다.

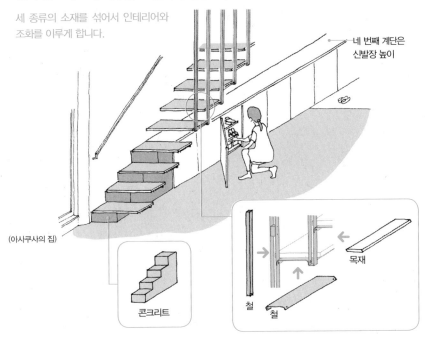

네 번째 계단은
신발장 높이

(아사쿠사의 집)

콘크리트

철   철   목재

무게를 분담해서 지탱하는 계단

원래 계단은 집 안에서 이질적인 구조체입니다. 의욕이 넘치는 디자인은 평온한 일상생활에 불편을 줄 수도 있습니다. 계단이 생활공간의 일부가 되도록 하기 위해서는 계단을 세 가지 힘(올려놓고, 매달고, 끼우는 힘)으로 받쳐주어야 합니다. 또한 '올려놓고, 수납하고, 앉는' 기능까지 갖추면, 생활공간의 일부가 될 수가 있습니다.

● 계단을 지탱하는 3요소

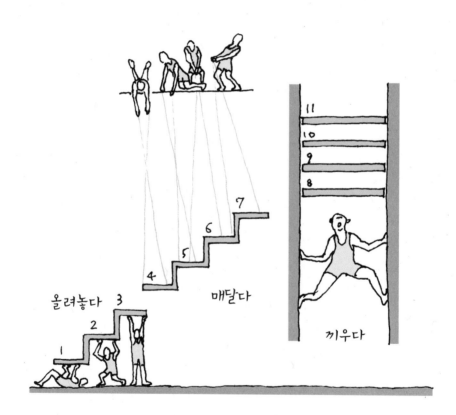

● 계단을 연장해서 선반으로

카운터나 수납공간으로 쓰기에 적절한 높이의 계단을 선택해서 유용하게 사용합니다.

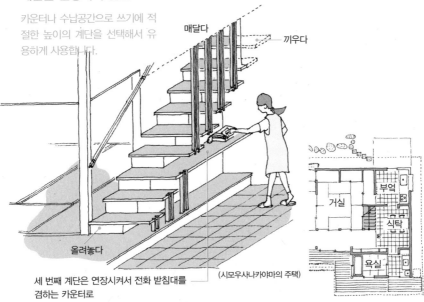

매달다

끼우다

올려놓다

세 번째 계단은 연장시켜서 전화 받침대를 겸하는 카운터로

(시모우사나카야마의 주택)

거실

부엌

식탁

욕실

● 계단 아래의 모양을 살려서 수납한다

무엇을 수납할 것인가를 처음부터 생각해서 계단 아래의 모양을 결정합니다.

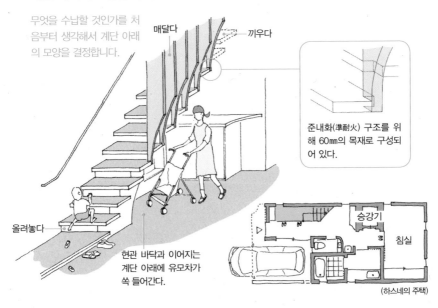

매달다

끼우다

준내화(準耐火) 구조를 위해 60mm의 목재로 구성되어 있다.

올려놓다

현관 바닥과 이어지는 계단 아래에 유모차가 쏙 들어간다.

승강기

침실

(하스네의 주택)

토방

토방은 다양한 생활의 공간

토방에서는 화덕 불에 음식을 굽거나 끓이고, 수확물을 정리하거나 농기구를 손질했습니다. 한옥에서는 쪽마루를 놓아두기도 했던 이런 토방이 예전에는 생활의 중심이었습니다. 이윽고 부엌이 집 안으로 들어오고 농작업도 기계화되자 자연스럽게 토방도 자취를 감추게 되었습니다. 하지만 현대 생활에서 옥외와 실내의 중간적 위치로서 토방이 있으면 생활이 한층 더 활기를 띨 수 있습니다.

● **토방이 있는 생활은 안심이 된다**

수선, 보수를 하는 곳

장식선반 설치

잠깐 이야기를 나눈다

비오는 날엔 놀이터

계절에
따른 장식

유모차를
사용하기 편하다

거실 옆의 작은 토방에
장작난로를

일요일에는 아버지가
목수로 변신

토방은 안뜰과 연결되어야 편리하게 쓸 수 있다

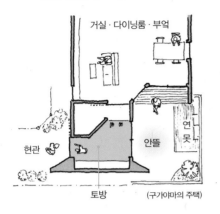

거실 · 다이닝룸 · 부엌

연못

안뜰

현관

토방 (구가야마의 주택)

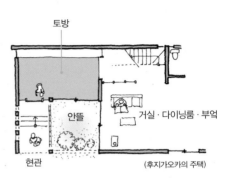

토방

거실 · 다이닝룸 · 부엌

안뜰

현관 (후지가오카의 주택)

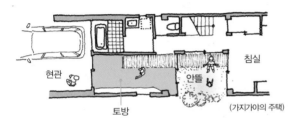

현관

토방 (가지가야의 주택)

침실

안뜰

진입로, 현관, 토방, 안뜰로 이어지면서 연속적으로 풍경이 변합니다.

생활에 필요한 작업 공간이었던 토방

토방의 바닥은 물을 사용해도 썩지 않습니다. 불을 사용해도 타지 않습니다. 나무와 종이로 이루어진 옛날 집에서 토방은 매우 안전한 공간이었습니다.

안마당과 이어지는 현관 토방

현관 토방이 넓으면 기분이 상쾌해집니다. 그런 현관 토방과 사생활이 보호되는 안뜰을 연결하면 꽤 넓은 공간이 생겨납니다. 또한 현관 토방에 살마루(댓가지나 널쪽 따위로 사이를 띄어서 만든 마루. 통풍이 잘되어 주로 여름에 툇마루로 쓴다-옮긴이)를 놓고 안뜰까지 마루를 연결해놓으면, 시각적으로도 뚜렷하게 이어지고 실내와 한층 긴밀하게 연계될 수 있습니다. 경계가 희미해지는 이 '연계'에는 애매모호한 공간에서 여러 가지 생활상의 문제를 해결하는 힌트가 숨어 있습니다.

● 거실·다이닝룸·부엌이 토방과 안뜰 옆에 있다

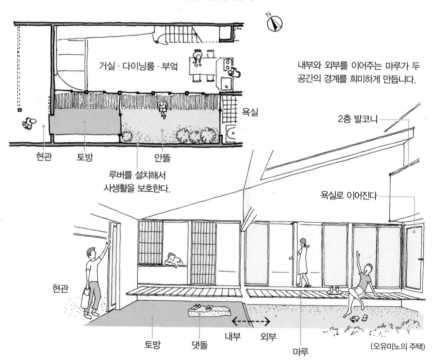

내부와 외부를 이어주는 마루가 두 공간의 경계를 희미하게 만듭니다.

거실·다이닝룸·부엌

욕실

현관   토방   안뜰

루버를 설치해서 사생활을 보호한다.

2층 발코니

욕실로 이어진다

현관

토방   댓돌   내부 외부   마루

(오유미노의 주택)

자유로운 마루의 형태

길쭉한 대지의 집. 집 안의 모든 공간이 일렬로 연결되는 듯한 공간 배치입니다.

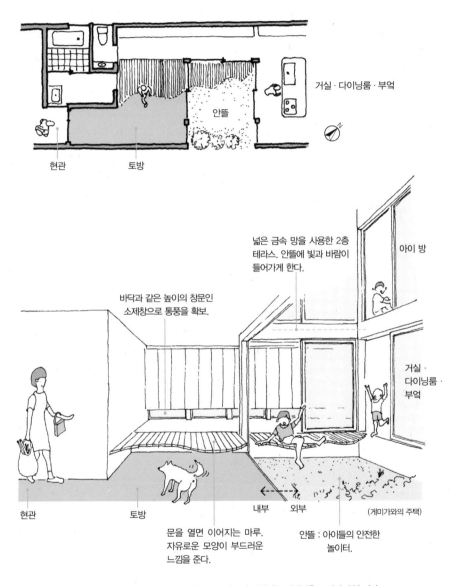

거실 · 다이닝룸 · 부엌

안뜰

현관   토방

넓은 금속 망을 사용한 2층 테라스. 안뜰에 빛과 바람이 들어가게 한다.

아이 방

바닥과 같은 높이의 창문인 소제창으로 통풍을 확보.

거실 · 다이닝룸 · 부엌

현관   토방   내부   외부   (게미가와의 주택)

문을 열면 이어지는 마루. 자유로운 모양이 부드러운 느낌을 준다.

안뜰 : 아이들의 안전한 놀이터.

현관 토방, 안뜰, 거실 · 다이닝룸 · 부엌 그리고 2층 아이들 방까지 이어지는 일체감을 느낄 수 있습니다.

문을 열면 안마당이 눈에 들어오는 현관

묵직한 현관문을 열면 넓은 마당이 눈앞에 펼쳐집니다. '밖을 향해서는 닫혀 있고 안으로는 열려 있어야 한다.'는 사적 공간의 원칙을 토대로 구성한 배치입니다. 현관은 찾아오는 손님에 대한 정중한 마음뿐만 아니라 매일 회사나 학교에서 돌아오는 가족을 반갑게 맞이해주는 넉넉한 마음을 담고 있어야 합니다. "다녀왔습니다!"라고 인사하고 들어오면, "그래, 수고했다."라고 반겨주는 공간을 만들 필요가 있습니다.

1. 쾌적한 생활의 구조 · 현관

● 현관을 들어서면 두 개의 마당이 맞이해준다

마당은 현관, 거실 · 다이닝룸 · 부엌, 침실에 면해 있으며 생활의 중심이 되는 곳입니다. 툇마루, 잔디, 타일 등을 이용하여 각자가 원하는 공간으로 꾸밀 수 있습니다.

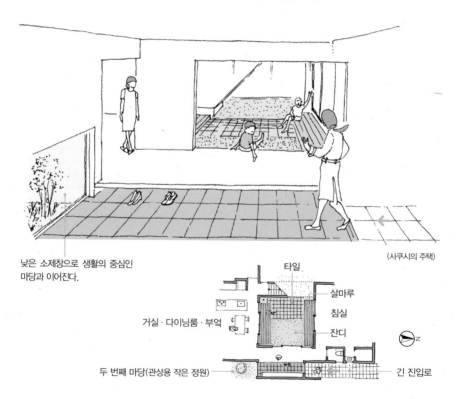

낮은 소제창으로 생활의 중심인
마당과 이어진다.

(사쿠시의 주택)

타일

살마루

거실 · 다이닝룸 · 부엌   침실

잔디

두 번째 마당(관상용 작은 정원)   긴 진입로

계단 건너편 마당에서 맞이해주는 현관

"지금 오니!" 하며 누군가 2층에서 뛰어내려올 것 같은 분위기. 여러 가지 풍경이 겹쳐집니다.

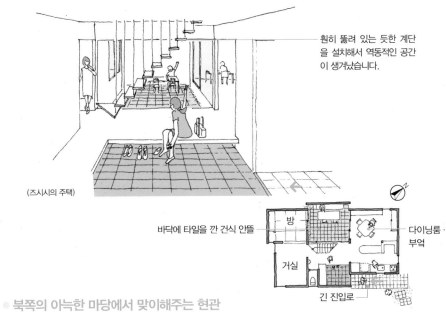

훤히 뚫려 있는 듯한 계단을 설치해서 역동적인 공간이 생겨났습니다.

(즈시시의 주택)

바닥에 타일을 깐 건식 안뜰

방

다이닝룸 · 부엌

거실

긴 진입로

북쪽의 아늑한 마당에서 맞이해주는 현관

현관에 들어서면 작은 관상용 정원과 같은 마당이 조용히 맞이해줍니다

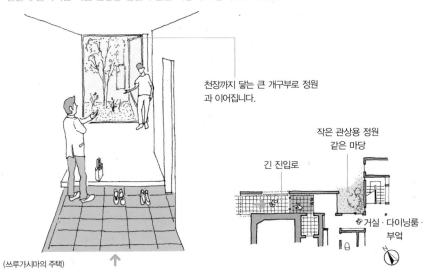

천장까지 닿는 큰 개구부로 정원과 이어집니다.

작은 관상용 정원 같은 마당

긴 진입로

거실 · 다이닝룸 · 부엌

(쓰루가시마의 주택)

기분을 전환시켜주는 긴 토방

현관에서 신발을 벗고, 한 층 높은 복도에 올라서서 각 방으로 들어가는 일반적인 공간배치를 조금 바꿔보면 어떨까요. 말쑥하게 차려 입은 외국 손님이나 부츠를 신은 손님이 방문했을 때 선뜻 신발을 벗지 못하는 경우가 있습니다. 또한 장애인이나 고령자들이 사용하기 편하도록 장벽을 없애는 배리어프리(barrier free)를 고려한다면 현관에 단차가 있어서는 안 되겠죠. 좀 더 자유롭게 생각해서 현관 토방에서 직접 들어가는 '별채'와 같은 공간이 있어도 좋지 않을까요.

1. 쾌적한 생활의 구조 · 현관

● 2층 객실까지 이어지는 토방

호텔과 같은 구조의 응접실
중요한 손님이 신발을 벗지 않아도 되는 서양식 접대 공간. 승강기로 바로 들어갈 수도 있습니다.

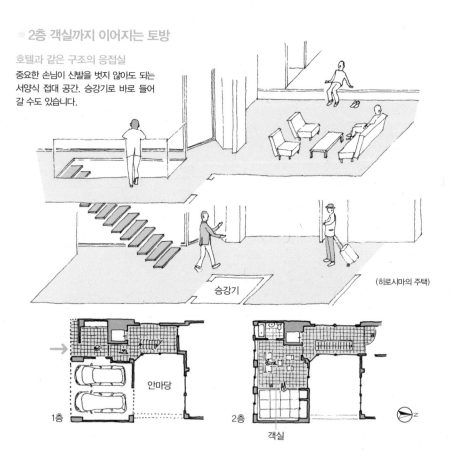

승강기

(히로시마의 주택)

1층   안마당

2층

객실

● 토방에서 직접 들어가는 방

(구게누마 해안의 주택)

집 안에 독립된 개인 공간
신발을 신고 집 안으로 들어가
방 앞에서 신발을 벗는다. 생활
에 특별한 변화를 줍니다.

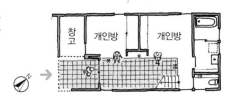

● 승강기까지 이어지는 토방

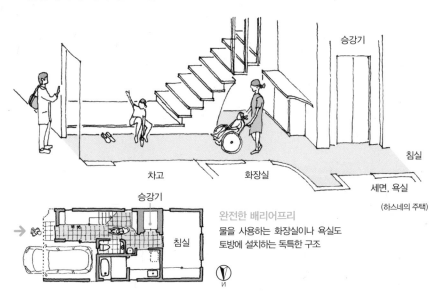

승강기

침실

세면, 욕실

(하스네의 주택)

차고   화장실

승강기

침실

완전한 배리어프리
물을 사용하는 화장실이나 욕실도
토방에 설치하는 독특한 구조

좁은 화장실은 한 개만 있으면 된다

변기는 진화를 거듭해왔습니다. 아니 정확하게 말하면 세정, 청소, 탈취와 같은 기능을 지닌 변기로 진화하고 있습니다. 더 이상 화장실은 냄새나고 더러운 공간이 아니며, 이제 화장실이 두 개 있는 집도 흔해졌습니다. 그렇다면 두 번째 화장실은 욕실, 세면실이 함께 있는 '3 in 1'로 하면 어떨까요. 타인의 손길이 필요한 아이와 고령자도 편리하게 이용할 수 있는 넓고 밝은 공간이 되는 것이지요.

● 두 번째 화장실은 3 in 1

3 in 1로 하면 우수리처럼 남는 공간이 생긴다.

화장실이 넓어서 간호 및 간병을 하기 쉽다.

넓다, 밝다, 무섭지 않다, 화장실 교육!

여러 형태의 3 in 1

들어가면 바로 변기가 있는 유형

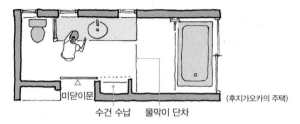

(후지가오카의 주택)

미닫이문
수건 수납   물막이 단차

들어가면 바로 변기가 있는 유형

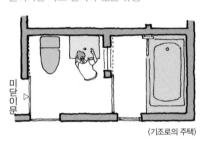

미닫이문

(기조로의 주택)

반투명 유리 칸막이로 변기를 가리는 유형

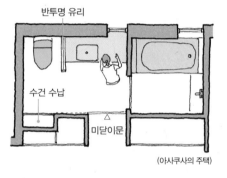

반투명 유리

수건 수납

미닫이문

(아사쿠사의 주택)

세탁기를 추가하면 4 in 1

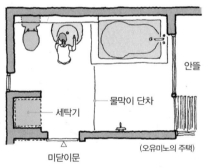

면적도 넓고, 안뜰과 이어지는
개방적인 유형

안뜰

물막이 단차

세탁기

미닫이문

(오유미노의 주택)

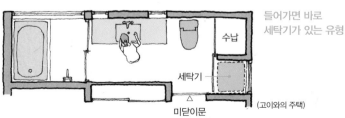

들어가면 바로
세탁기가 있는 유형

수납

세탁기

미닫이문

(고이와의 주택)

화장실을 완결된 소우주로

화장실에 가면 마음이 안정된다는 사람들이 적지 않습니다. 최근에는 물탱크가 없는 양변기가 보급되어 화장실 환경이 더욱 좋아졌습니다. 변기가 작아졌고 물을 절약할 수 있으며 디자인이 산뜻해지고 변기에서 손을 씻는 부분이 분리되었죠. 이제 손 씻는 세면대를 어떤 디자인으로 어떻게 설치하느냐에 따라 화장실뿐만 아니라 집 전체의 콘셉트가 달라지게 되었습니다. 화장실을 어떻게 꾸미느냐에 따라 작은 소우주를 만들 수도 있습니다.

물탱크가 없는 양변기와 손 씻는 용기

좁은 화장실을 좀 더 넓게 쓰기 위해 만들어진 물탱크 없는 양변기   (단위 : mm)

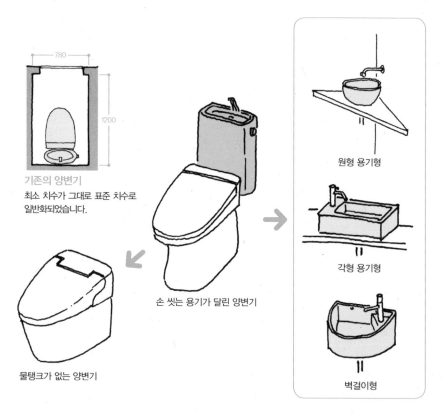

기존의 양변기
최소 치수가 그대로 표준 치수로
일반화되었습니다.

물탱크가 없는 양변기

손 씻는 용기가 달린 양변기

원형 용기형

각형 용기형

벽걸이형

손 씻는 용기를 설치하는 법

(단위 : ㎜)

회장실의 넓이뿐만 아니라 출입구의 위치나 수납공간을 확보하는 것이 포인트

변기 앞 벽에 박아놓는 유형
도저히 공간을 확보할 수 없는
경우

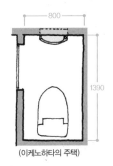
(이케노하타의 주택)

앞 벽의 카운터에 올려놓는 유형
폭은 좁지만 안길이를 확보할
수 있을 때

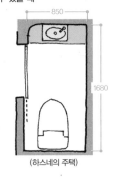
(하스네의 주택)

앞 벽에 걸어놓는 유형
출입구가 좁아서 카운터를 설
치할 수 없는 경우

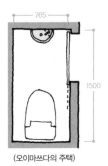
(오이마쓰다의 주택)

옆 벽의 카운터에 올려놓는 유형   폭에 여유가 있으면 카운터 아래에 수납공간을 확보할 수 있습니다.

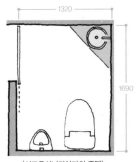
(쓰루가시마의 주택)

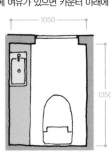
(사쿠시의 주택)

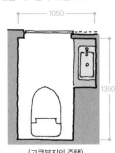
(고쿠분지의 주택)

모서리 유형   고급스런 자기 제품의 세면대는 전통적인 집에 어울립니다.

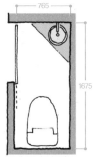
(시모우사나카야마의 주택)

(가미오의 주택)

젖은 빨래는 무겁다

전자제품을 애지중지하던 예전에도 세탁기는 밖에 놓고 썼습니다. 하지만 어느새 집 안의 문턱을 넘어서 지금은 세면실에서 그 위용을 뽐내고 있습니다. 이제 세탁기는 진화를 거듭하여 건조 기능까지 갖추어져 있지만, 그래도 빨래는 햇볕에 말리는 것이 좋습니다. 하지만 아무리 탈수를 해도 젖은 빨래는 이만저만 무거운 것이 아닙니다. 젖은 빨래를 운반하는 동선을 어떻게 짧게 만드느냐가 세탁기의 위치를 결정하는 포인트가 되겠죠.

● 세탁기가 진화를 거듭해도 햇볕에 말리고 싶은 법…

빨래를 너는 곳은 햇볕이 잘 드는 위층에 있는 편이 좋다.

무거워!

세탁기는 빨래를 너는 곳에서 가까운 편이 좋다.

가볍다~♪

물론 둘 다 가까운 편이 가장 좋다.

● 모든 것이 테라스와 이어져 있는 2층

동쪽 2층 테라스와 욕실, 탈의실, 세탁기, 세면실 등
모든 것이 이어져 있습니다.

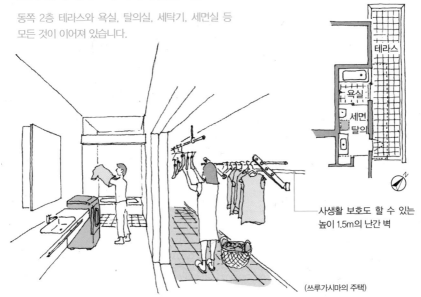

테라스

욕실

세면
탈의

사생활 보호도 할 수 있는
높이 1.5m의 난간 벽

(쓰루가시마의 주택)

● 가사실이 테라스와 이어져 있는 2층

세탁기는 세면과 탈의 공간 옆에 있는 넓은 가
사실에 배치. 빨래는 실내에서 말릴 수도 있으
며 테라스에서 햇볕에 말릴 수도 있습니다.

테라스

욕실

가사실

세면·
탈의

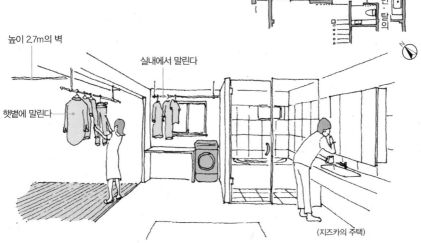

높이 2.7m의 벽

실내에서 말린다

햇볕에 말린다

(지즈카의 주택)

욕실에서 즐거운 시간을 갖고 싶다면…

욕실과 변기가 같이 있는 일체형 욕실은 여러 가지 이점이 있지만, 보다 아기자기한 재미를 즐기고 싶다면 색다른 욕조를 사용하는 것도 좋습니다. 여름에는 아이들이 물놀이를 하고, 가을에는 보름달을 안주 삼아 한 잔 기울일 수 있으며, 겨울에는 유자를 물에 띄우고 반신욕을 하고, 봄에는 욕조의 목욕물에 벚꽃 잎을 뿌려놓고 목욕을 즐길 수 있는 운치있는 욕조는 어떤가요. 이렇게 하면 욕실의 용도가 더욱 확대될 것입니다.

● 일체형 욕실은 이점도 많지만…

보온성이 높다

바깥공기

공기층

바닥이 차갑지 않다.

안전성이 높다

청소하기가 쉽다

꽝! 넘어지지 않고 꿍! 넘어지는 정도로 끝난다.

줄눈이 적다.

● 또 다른 형태의 즐거운 욕조

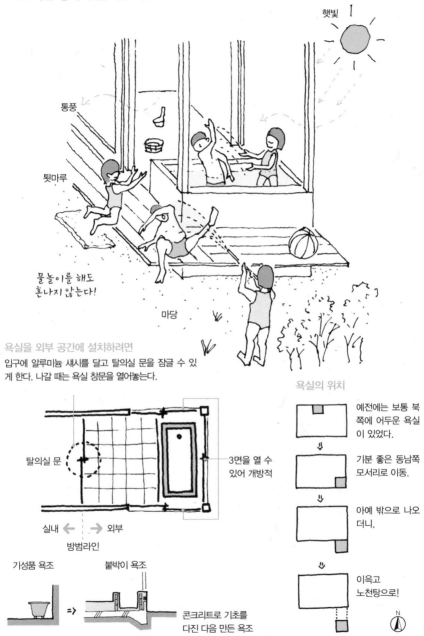

햇빛

통풍

툇마루

물놀이를 해도
혼나지 않는다!

마당

욕실을 외부 공간에 설치하려면

입구에 알루미늄 섀시를 달고 탈의실 문을 잠글 수 있
게 한다. 나갈 때는 욕실 창문을 열어놓는다.

탈의실 문

실내 ← ⋮ → 외부

방범라인

3면을 열 수
있어 개방적

기성품 욕조   붙박이 욕조

⟹

콘크리트로 기초를
다진 다음 만든 욕조

욕실의 위치

예전에는 보통 북
쪽에 어두운 욕실
이 있었다.

⇓

기분 좋은 동남쪽
모서리로 이동.

⇓

아예 밖으로 나오
더니,

⇓

이윽고
노천탕으로!

N

59

쾌적한 야외 공간을 이용한 노천탕

일반적으로 욕실은 북쪽이나 서쪽에 배치되었으며, 습기가 많은 곳으로 취급 받았습니다.

원래 습기가 많은 욕실은 집에는 그다지 좋지 않은 공간입니다. 그렇다면 마당에 작은 목욕탕을 만들어보면 어떨까요. 노천탕 분위기를 낼 수는 없겠지만, 최대한 외부에 개방된 욕실은 단순히 몸을 씻는 곳이 아니라 쾌적하게 시간을 즐길 수 있는 공간이 될 수 있습니다.

● **노천탕의 이로운 점**

뜨끈한 온천물, 아름다운 경치, 드넓은 개방감, 자연과의 일체감…

● 마당 쪽으로 3면을 개방한 욕실

통기성이 좋기 때문에 벽에 붙인 노송나무는 특별한 관리 없이 오랫동안 쓸 수 있습니다. 넓이 : 4.96㎡(1.5평)

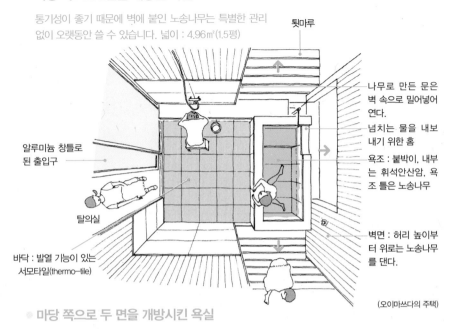

툇마루

나무로 만든 문은 벽 속으로 밀어넣어 연다.

넘치는 물을 내보내기 위한 홈

욕조 : 붙박이, 내부는 휘석안산암, 욕조 틀은 노송나무

벽면 : 허리 높이부터 위로는 노송나무를 댄다.

알루미늄 창틀로 된 출입구

탈의실

바닥 : 발열 기능이 있는 서모타일(thermo-tile)

(오이마쓰다의 주택)

● 마당 쪽으로 두 면을 개방시킨 욕실

노송나무 욕조는 나중에 교체할 수 있습니다. 넓이 : 4.96㎡(1.5평)

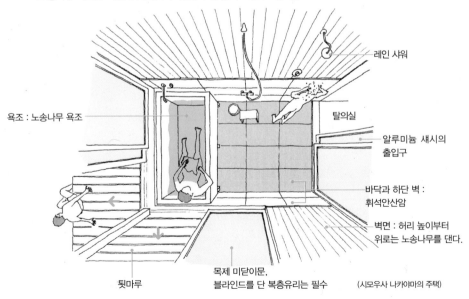

레인 샤워

욕조 : 노송나무 욕조

탈의실

알루미늄 섀시의 출입구

바닥과 하단 벽 : 휘석안산암

벽면 : 허리 높이부터 위로는 노송나무를 댄다.

툇마루

목제 미닫이문. 블라인드를 단 복층유리는 필수

(시모우사 나카야마의 주택)

마당과 툇마루 쪽으로 두 면을 개방시킨 욕실

사다리꼴 모양이 바깥으로 확대되어가는 느낌을 주며 욕조의 모양이 재미납니다. 넓이 : 4.96㎡(1.5평)

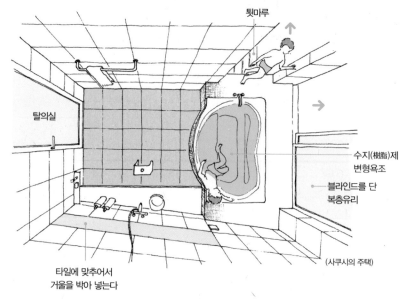

툇마루

탈의실

수지(樹脂)제
변형욕조

블라인드를 단
복층유리

타일에 맞추어서
거울을 박아 넣는다

(사쿠시의 주택)

넓은 욕실 테라스 쪽으로 개방된 2층 욕실

콘크리트 건물의 이점을 살려서 만든
욕실입니다. 넓이 : 3,63㎡(1.1평)

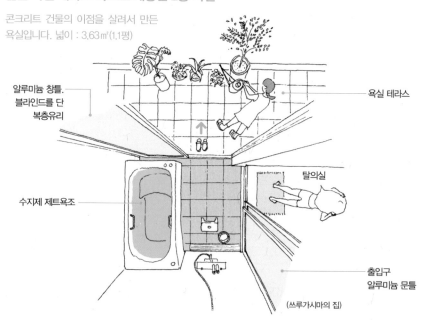

알루미늄 창틀.
블라인드를 단
복층유리

욕실 테라스

탈의실

수지제 제트욕조

출입구
알루미늄 문틀

(쓰루가시마의 집)

2장

집 전체의
배치를
생각한다

대지와 방위를 찾아 건물을 배치하는 묘미

건물을 짓는 일은 대지를 찾는 것에서 시작합니다. 누구나 처음에는 "도로는 남쪽에 있으며 넓은 마당과 주차 공간이 있고 안쪽에 집을 지을 수 있는" 건축 대지를 생각합니다. 하지만 그런 좋은 조건이 갖추어진 대지는 그리 많지 않습니다. 오히려 대부분의 대지는 방위가 이상적이지 않습니다. 이런 조건의 대지를 효율적으로 활용해서 건물을 짓는 것이 건물 배치의 포인트이며 묘미입니다.

● 남쪽으로 열린 대지는…

수렵생활을 하던 시절에는 햇볕이 잘 드는 야트막한 언덕에 집을 짓고 살았는데, 그 뒤 농경시대가 시작되자 물이 있는 골짜기 등에서 살게 되었습니다. 생활양식이 건축대지를 결정했던 셈이지요.

옛날의 농가
넓은 대지에 자유롭게 배치해서 집을 지을 수 있었습니다. 마당(뜰)은 농사일을 하는 곳으로, 보통 작물을 말리는 데 적합한 양지바른 남쪽에 위치해 있었습니다.

누구나 짓고 싶은 개인주택의 이미지
햇볕이 잘 드는 옛날 농가의 배치를 따르면서 생활양식과 집이 서양화되어 왔습니다.

● 다양한 대지에서 생겨난 여러 가지 배치

대부분의 대지는 이상적인 방위가 아닙니다. 실내뿐만 아니라 옥외 공간이 남쪽 또는 동남쪽으로 향해 있는 '안락한 집'을 지을 수 있는지 없는지 여부가 포인트입니다.

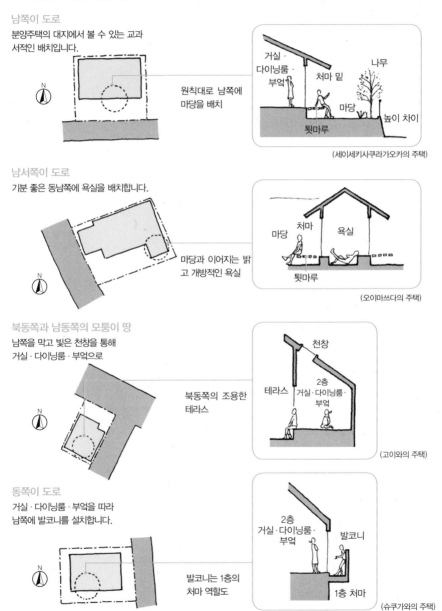

남쪽이 도로

분양주택의 대지에서 볼 수 있는 교과서적인 배치입니다.

N

원칙대로 남쪽에 마당을 배치

거실·다이닝룸·부엌

처마 밑

나무

마당

높이 차이

툇마루

(세이세키사쿠라가오카의 주택)

남서쪽이 도로

기분 좋은 동남쪽에 욕실을 배치합니다.

N

마당과 이어지는 밝고 개방적인 욕실

마당

처마

욕실

툇마루

(오이마쓰다의 주택)

북동쪽과 남동쪽의 모퉁이 땅

남쪽을 막고 빛은 천창을 통해 거실·다이닝룸·부엌으로

N

북동쪽의 조용한 테라스

천창

테라스

2층 거실·다이닝룸·부엌

(고이와의 주택)

동쪽이 도로

거실·다이닝룸·부엌을 따라 남쪽에 발코니를 설치합니다.

N

발코니는 1층의 처마 역할도

2층 거실·다이닝룸·부엌

발코니

1층 처마

(슈쿠가와의 주택)

북서쪽과 남동쪽의 이면 도로

대지의 넓이를 이용해서 동남쪽에 시야가 트인
마당을 배치한다.

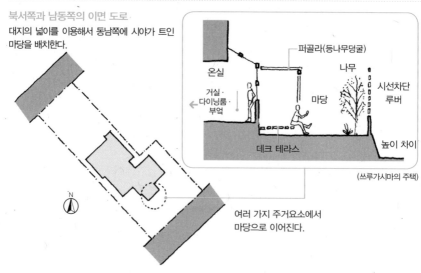

여러 가지 주거요소에서
마당으로 이어진다.

(쓰루가시마의 주택)

북동쪽과 남동쪽 도로 모퉁이에 있는 대지

엄격한 도로 사선을 지켜서 설치한 발코니

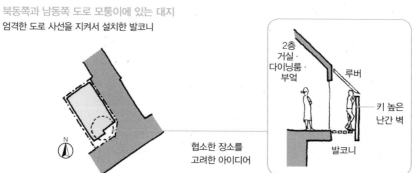

협소한 장소를
고려한 아이디어

(이케노하타의 주택)

북서쪽과 남동쪽 도로 모퉁이에 있는 대지

동남쪽에 안으로 쑥 들어간 안마당을 배치

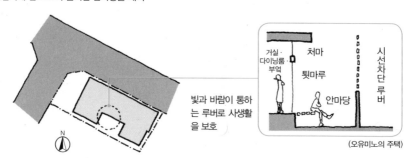

빛과 바람이 통하
는 루버로 사생활
을 보호

(오유미노의 주택)

2층 거실·다이닝룸·부엌에서 해님에게 건배를

주택이 밀집해 있는 도시에서 1층은 채광이나 통풍을 충분히 확보하기가 어렵습니다. 3층 건물의 1층에 거실 · 다이닝룸 · 부엌을 배치하면 채광이나 동선을 충분히 확보하지 못할 수 있습니다. 이럴 경우에는 2층에 배치하여 통풍, 채광, 사생활 보호 등의 문제를 해결합니다. 2층 건물의 경우 2층에 거실 · 다이닝룸 · 부엌을 배치하면 천장(지붕)의 높이나 형태를 자유롭게 만들 수 있으며 햇빛을 충분히 받아들이고 드넓은 하늘을 즐길 수 있습니다.

● 2층, 햇빛 확보는 물론 안정감도 느낄 수 있다

나무 위에 지어졌던 일본 전통의 고상(高床)가옥. 지금은 거의 사라졌지만, 햇볕을 충분히 확보할 수 있는 집이죠. 햇볕이 차단되는 숲 속에서 습기, 동물, 외적 등으로부터 몸을 보호하기 위해 햇볕이 잘 드는 나무 위에 집을 짓는 것은 어찌 보면 자연스런 일이었겠죠.

● 2층을 거실·다이닝룸·부엌으로 해야 하는 대지

포인트는 빛을 들어오게 하는 방식과 바람을 빠져나가게 하는 방식.

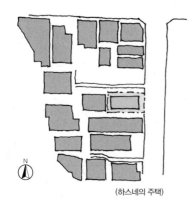

(하스네의 주택)

준공업 지역의 대지

건폐율 60%로 주변 환경에는 여유가 있지만, 도로에 면한 면적이 좁고 대지 면적도 작습니다. 필연적으로 3층 건물이 되는 대지입니다. 대지 면적 : 77㎡

상업 지역의 대지

건폐율 100%도 가능한 주택밀집지역. 도로에 면한 면적이 좁고, 3층 건물로 하지 않으면 좋은 환경을 얻을 수 없습니다. 대지 면적 : 99㎡

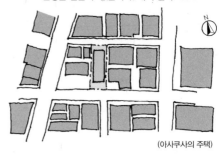

(아사쿠사의 주택)

(구게누마 해안의 주택)

일반 주거지역의 대지

건폐율 50%의 양호한 주택 환경이지만, 도로에 면한 면적이 좁고 안길이가 긴 대지. 대지 면적 : 115㎡

● 2층에 거실·다이닝룸·부엌을 배치한 2층 주택

자유로운 형태의 천장. 햇빛이 잘 들어오고 하늘이 훤히 보인다.

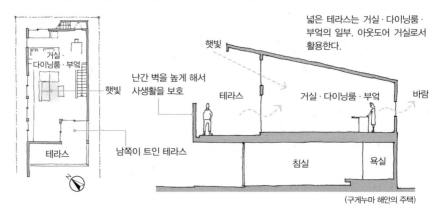

넓은 테라스는 거실·다이닝룸·부엌의 일부. 아웃도어 거실로서 활용한다.

거실·다이닝룸·부엌

햇빛

난간 벽을 높게 해서 사생활을 보호

햇빛

테라스

거실·다이닝룸·부엌

바람

테라스

남쪽이 트인 테라스

침실

욕실

(구게누마 해안의 주택)

● 2층에 거실·다이닝룸·부엌을 배치한 3층 주택

거실·다이닝룸·부엌을 2층 한가운데 배치

3층에서 들어오는 햇빛을 트인 공간을 통해 북측 경사진 벽에 반사시켜서, 2층 거실·다이닝룸·부엌으로 들어가게 합니다.

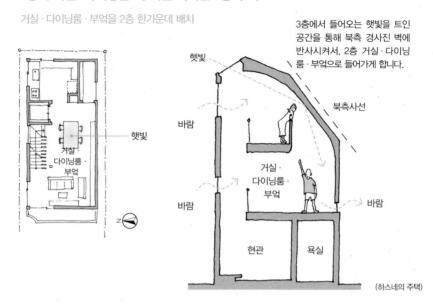

(하스네의 주택)

● 2층에 거실·다이닝룸·부엌을 배치한 3층 주택

좁고 긴 공간 배치.

거실·다이닝룸·부엌의 중앙 부분에 3층으로부터 빛이 들어가게 합니다. 햇빛이 3층 테라스에서부터 2층과 3층을 튼 공간으로 들어갑니다. 테라스의 하부는 천장을 높게 만들었습니다.

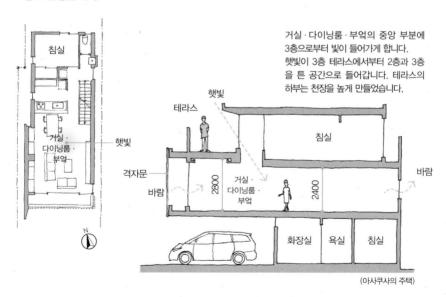

(아사쿠사의 주택)

1층에 거실·다이닝룸·부엌을 배치하는 사치

우리는 예부터 주로 단층집에서 살면서 1층에서 일하고 먹고 잤습니다. 지금
도 그런 생활습관이 뿌리 깊게 남아 있어 1층에 모든 것이 갖추어진 집을 선호
하는 경향이 있습니다. 외부공간이 있고 채광과 통풍이 확보되고 사생활이 보
장된다면 생활의 중심인 거실·다이닝룸·부엌을 1층에 배치할 수 있습니다.
또한 앞으로 고령화 사회가 되리라는 점을 감안하면, 거실·다이닝룸·부엌이
1층에 있는 것이 이상적인 공간배치입니다.

● 거실·다이닝룸·부엌 옆에 텃밭을 꾸민다

텃밭이 있으면 아이들을 안전한 마당에서 놀게 할 수 있고 다리가 아파 밖으로 나가지 못하는 노
인들도 하루 종일 이곳에서 지낼 수 있습니다. 마당이나 텃밭과 하나가 된 거실·다이닝룸·부엌
은 개인주택의 가장 큰 매력이 아닐까요.

1층에 거실·다이닝룸·부엌을 배치할 수 있는 대지

도심에서는 좀처럼 구하기 힘들어진 330㎡(100평) 이상의 대지. 교외의 넓은 대지에서는 광활함을 최대한 살릴 수 있습니다.

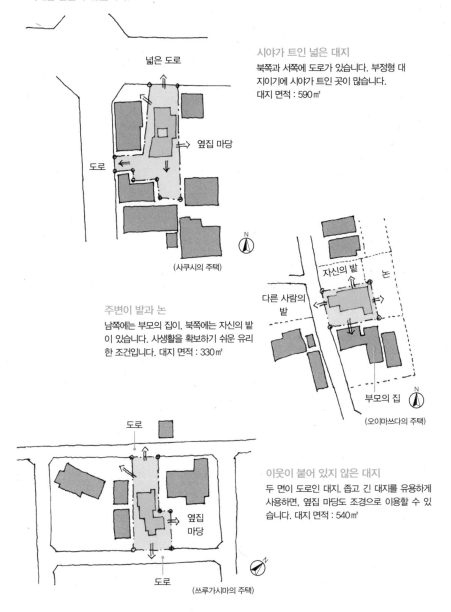

시야가 트인 넓은 대지
북쪽과 서쪽에 도로가 있습니다. 부정형 대지이기에 시야가 트인 곳이 많습니다.
대지 면적 : 590㎡

넓은 도로

옆집 마당

도로

(사쿠시의 주택)

주변이 밭과 논
남쪽에는 부모의 집이, 북쪽에는 자신의 밭이 있습니다. 사생활을 확보하기 쉬운 유리한 조건입니다. 대지 면적 : 330㎡

자신의 밭

논

다른 사람의 밭

부모의 집

(오이마쓰다의 주택)

이웃이 붙어 있지 않은 대지
두 면이 도로인 대지. 좁고 긴 대지를 유용하게 사용하면, 옆집 마당도 조경으로 이용할 수 있습니다. 대지 면적 : 540㎡

도로

옆집 마당

도로

(쓰루가시마의 주택)

● 두 개의 마당에서 아이들을 구김살 없이 키운다

아이들을 밖에서 놀게 해도 지켜볼 수 있는 거실 · 다이닝룸 · 부엌

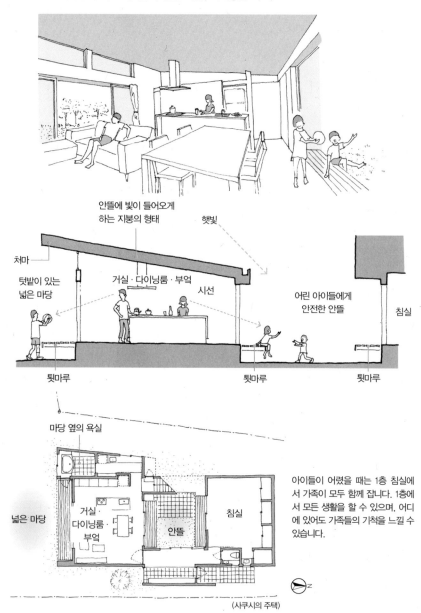

안뜰에 빛이 들어오게
하는 지붕의 형태

햇빛

처마

텃밭이 있는
넓은 마당

거실 · 다이닝룸 · 부엌

시선

어린 아이들에게
안전한 안뜰

침실

툇마루

툇마루

툇마루

마당 옆의 욕실

넓은 마당

거실 ·
다이닝룸 ·
부엌

안뜰

침실

아이들이 어렸을 때는 1층 침실에
서 가족이 모두 함께 잡니다. 1층에
서 모든 생활을 할 수 있으며, 어디
에 있어도 가족들의 기척을 느낄 수
있습니다.

(사쿠시의 주택)

● 취미인 원예 중심의 생활

다양한 유형의 마당과 부드럽게 이어지는
거실 · 다이닝룸 · 부엌

온실
거실과 마당을 연결하는 중간적인 공간

[거실]─[온실]─[마당]─[도로]
완충지역

원예용구 수납창고

부엌에서 데크 테라스로
가는 입구

서양식 원예 정원

쓰레기 버리는 출입구

안뜰

거실
다이닝룸
부엌

전통적인
마당

온실

(쓰루가시마의 주택)

● 전통적인 외관 중시

단층집에 가까운 전통적인 주택. 거실 · 다
이닝룸 · 부엌을 중심으로 각 방이 배치되
어 있습니다.

밭
피아노실   침실

도로

거실 ·
다이닝룸 ·
부엌

논

처마 밑
토방

마당
노천탕과
같은 욕실

(오이 마쓰다의 주택)

깊은 처마가 있는 토방 옆에 배치한 거실 · 다이닝룸 · 부엌

수평 방향의 평온한 외관을 중시

현관을 경계로 나뉘는 두 개의 마당

사람들은 지방에 살면 도시를 동경하고 도시에 살면 한적한 시골집이나 흙냄새를 그리워하게 됩니다. 집은 그런 다양한 욕구를 충족시키면서 생활할 수 있는 곳이어야겠죠. 지나가는 사람들이나 손님에게는 은근히 으스댈 수 있으면서 긴장을 풀고 여유롭게 일상생활을 할 수도 있는 집이면 좋겠죠. 중간 규모(165.3㎡, 50평) 정도의 대지라면 과감하게 현관 토방을 밖으로 내놓고, 외부 공간을 대조적인 두 개의 세계로 나눌 수 있습니다.

● 대조적인 두 개의 세계 중 어느 하나를 포기하기 어렵다

 DRY <==> WET

 CITY <==> COUNTRY

 PUBLIC <==> PRIVATE

튀어나온 현관으로 대조적인 공간을 즐긴다

대조적인 공간을 배치할 때 정확히 구분하기보다는 부드럽게 연결하는 것이 좋습니다.

대지 면적 : 164㎡

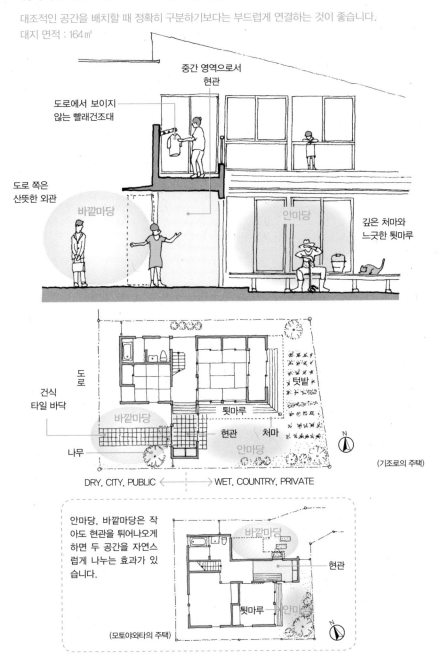

중간 영역으로서
현관

도로에서 보이지
않는 빨래건조대

도로 쪽은
산뜻한 외관

바깥마당

안마당

깊은 처마와
느긋한 툇마루

도로

건식
타일 바닥

나무

텃밭

툇마루

바깥마당

현관   처마

안마당

(기조로의 주택)

DRY, CITY, PUBLIC ←————→ WET, COUNTRY, PRIVATE

안마당, 바깥마당은 작아도 현관을 튀어나오게 하면 두 공간을 자연스럽게 나누는 효과가 있습니다.

바깥마당

현관

툇마루   안마

(모토야와타의 주택)

지하실

쾌적하고 다양한 이점이 있는 지하실

방이 하나 더 필요한데 건축 대지가 협소한 경우, 예산에 여유가 있는 경우, 또는 사선제한 때문에 3층집을 지을 수 없는 경우 지하실을 만들어보면 어떨까요. 지하수나 빗물에 대한 방수 대책을 세우고 햇빛과 바람이 들어오게 하면, 바깥 기온의 영향을 그다지 받지 않는 '여름에는 덥지 않고 겨울에는 춥지 않은' 안정적인 온열 환경을 갖춘 방을 마련할 수 있습니다.

● 부족한 면적을 보충하는 지하실을 만드는 방법

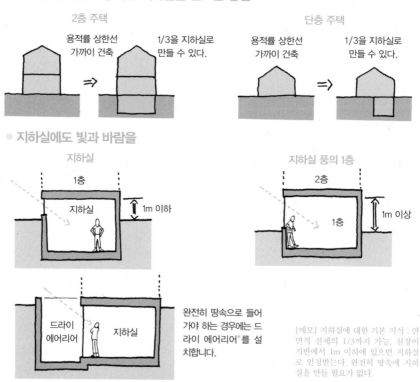

● 지하실에도 빛과 바람을

2층 주택

용적률 상한선 가까이 건축 / 1/3을 지하실로 만들 수 있다.

단층 주택

용적률 상한선 가까이 건축 / 1/3을 지하실로 만들 수 있다.

지하실

1층 / 지하실 / 1m 이하

지하실 풍의 1층

2층 / 1층 / 1m 이상

드라이 에어리어 / 지하실

완전히 땅속으로 들어가야 하는 경우에는 드라이 에어리어*를 설치합니다.

[메모] 지하실에 대한 기본 지식 : 연면적 전체의 1/3까지 가능, 천장이 지반에서 1m 이하에 있으면 지하실로 인정받는다. 완전히 땅속에 지하실을 만들 필요가 없다.

*건물 주위를 파내려가서 한쪽에 설치한 도랑. 빛과 바람을 통하게 하고 지하실의 폐쇄된 듯한 느낌을 해소해준다.

지하실 & 지하실 풍의 1층이 있는 집

지하실

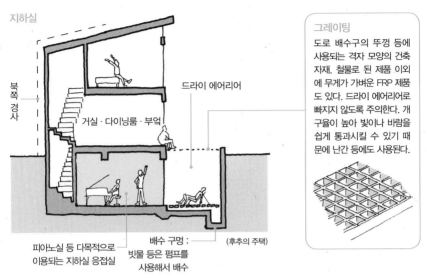

북쪽 경사

드라이 에어리어

거실 · 다이닝룸 · 부엌

피아노실 등 다목적으로 이용되는 지하실 응접실

배수 구멍 ;
빗물 등은 펌프를 사용해서 배수

(후추의 주택)

그레이팅

도로 배수구의 뚜껑 등에 사용되는 격자 모양의 건축 자재. 철물로 된 제품 이외에 무게가 가벼운 FRP 제품도 있다. 드라이 에어리어로 빠지지 않도록 주의한다. 개구율이 높아 빛이나 바람을 쉽게 통과시킬 수 있기 때문에 난간 등에도 사용된다.

지하실 풍의 1층

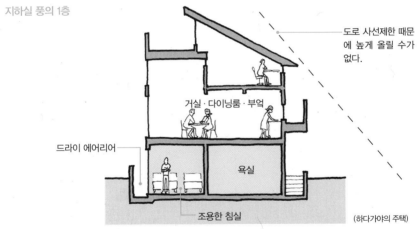

도로 사선제한 때문에 높게 올릴 수가 없다.

거실 · 다이닝룸 · 부엌

드라이 에어리어

욕실

조용한 침실

(하다가야의 주택)

지하실의 벽

지하수가 많은 지역에서는 물이 스며들어 올지도 모르기 때문에 이중벽으로 할 필요가 있습니다. 이전에는 두꺼운 콘크리트 블록 등을 썼는데, 지금은 얇은 염화비닐 제품을 사용하고 있습니다.

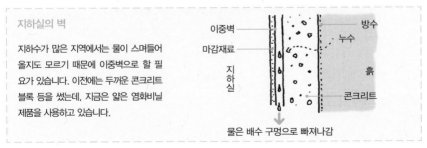

이중벽

마감재료

지하실

방수

누수

흙

콘크리트

물은 배수 구멍으로 빠져나감

계단은 공간 배치를 좌우한다

세련된 나선형 계단이 거실에 자리잡고 있는 집은 일반적으로 '동경하는 집'의 이미지이지만, 실제 주거 환경에는 그다지 어울리지 않습니다.

계단은 감상하기 위한 오브제가 아니라 위층과 아래층을 자연스럽고 안전하게 연결하기 위한 시설입니다. 종류나 위치에 따라 공간 배치에 큰 영향을 주는 애물단지가 될 수 있으니 신중하게 생각해서 계단을 설치해야 합니다.

● 계단은 오브제가 아닙니다

계단은 안전성과 기능성을 갖추면서 자연스럽게
생활의 동선을 만들어야 합니다.

공간 배치에 중요한 영향을 미치는 계단의 종류와 위치

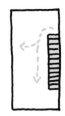

직선 계단

• 좁고 긴 대지나 공간 배치의 경우, 안에까지 긴 복도가 생기는 것을 막고, 계단 이외의 공간을 유용하게 사용할 수 있습니다.

꺾은 계단

• 안전성 우선.
• 층계참이 있어야 하기에 전체적으로 면적에 여유가 있어야 합니다.

중앙 계단

• 하나의 층을 용도에 따라 명확하게 나눕니다.
• 협소한 주택에서 계단을 거실 공간의 일부로 사용하면서 공간을 한층 넓어 보이게 해줍니다.

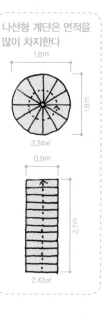

나선형 계단은 면적을 많이 차지한다

1.8m

1.8m

3.24㎡

0.9m

2.7m

2.43㎡

꺾은 계단

계단이 공간 배치에 미치는 영향이 적으며, 거실·다이닝룸·부엌을 한층 일체화된 공간으로 만들 수 있습니다.

현관

안마당

1층 거실·다이닝룸·부엌

(구가야마의 주택)

직선 계단

계단 주위에 여러 공간을 긴밀하게 연결되도록 배치할 수 있으며, 복도 같은 공간을 최대한 줄일 수 있습니다.

침실

2층
거실·다이닝룸·부엌

(아사쿠사의 주택)

공간을 '연결하는' 중앙 계단

개방적인 계단을 중앙에 배치하여 거실과
다이닝룸, 부엌을 자연스럽게 연결합니다.

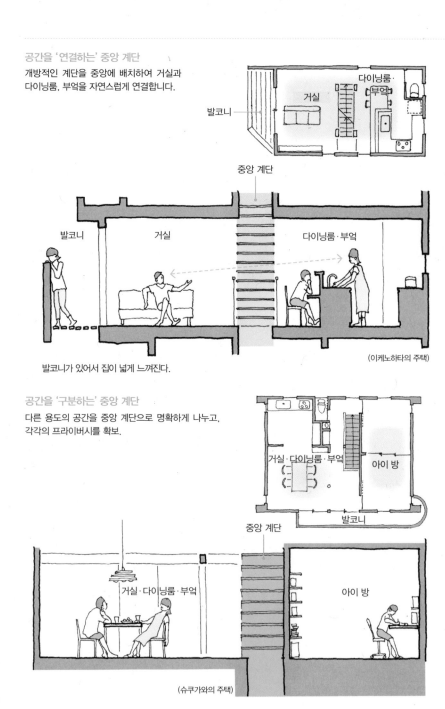

발코니

다이닝룸·
부엌

거실

중앙 계단

발코니

거실

다이닝룸·부엌

(이케노하타의 주택)

발코니가 있어서 집이 넓게 느껴진다.

공간을 '구분하는' 중앙 계단

다른 용도의 공간을 중앙 계단으로 명확하게 나누고,
각각의 프라이버시를 확보.

거실·다이닝룸·부엌

아이 방

발코니

중앙 계단

거실·다이닝룸·부엌

아이 방

(슈쿠가와의 주택)

창문은 왜 있는 걸까

평범한 창문에 하루 종일 커튼이 처져 있는 경우를 가끔 봅니다. 아마 지나가는 사람들의 시선이 신경 쓰이거나, 직사광선에 눈이 부시거나 아니면 바람에 커튼이 날리기 때문이겠지요. 이렇게 쓸모없는 창문으로 만들지 않으려면 '대체 창문은 왜 있는지'를 확실하게 이해하고, 창문에 대한 계획을 세울 필요가 있습니다.

● 태평하고 평화롭던 시대의 창문 디자인

중세 일본 토목 건축술을 대표하는 유적지이자 유네스코 세계문화유산인 히메지 성의 성벽 구멍은 원래 조총이나 활을 사용하기 위한 창으로, 총의 눈 또는 활의 눈이라 불리었습니다. 하지만 근세의 평화로운 시대에 정비되었기에 재미있는 디자인이 되었습니다.

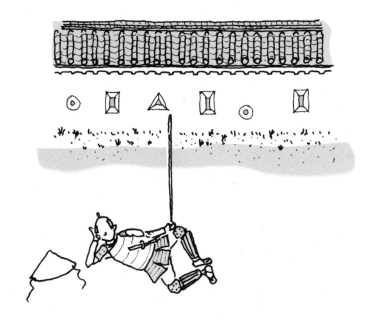

● 창문의 5가지 기능에 대해 알아두자.

① 통풍

단면적, 평면적으로 바람이 가는 길을 만듭니다. 바람은 똑바로 빠져나가지 않아도 되며, 집 전체적으로 생각해서 길을 만듭니다.

단면으로 본 통풍

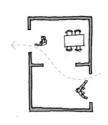

평면으로 본 통풍

② 채광

프라이버시를 중시

1층의 채광도 불충분. 옆집과 눈이 마주쳐서 열 수가 없다.

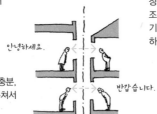

일반적인 창문

안녕하세요.

반갑습니다.

창문의 높이나 위치를 조정하고 채광이나 환기, 사생활 보호 등을 하나하나 해결한다.

프라이버시를 중시한 창문

③ 드나들기

유용성과 쾌적성 측면을 모두 고려한다.

유용성

음식물 쓰레기는 창문을 통해 바로 밖에 내놓고 싶다.

쾌적성

창문을 통해 바깥과 연결되고 싶다.

④ 조망

근경과 원경

근경

나갈 때 잠시나마 마음을 평안하게 해준다.

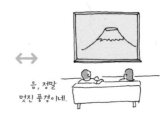

원경

음, 정말 멋진 풍경이네.

⑤ 외부 상황 확인

사람이나 하늘의 상태를 살펴본다.

어…

아, 지금 오네.

2. 집 전체의 배치를 생각한다 · 창문

82

● 기둥과 기둥 사이가 창문?

창문에 대한 생각

전통적인 목조 건물의 창문

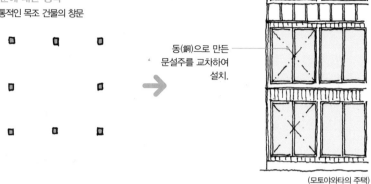

동(銅)으로 만든
문설주를 교차하여
설치.

(모토야와타의 주택)

● 벽에 구멍을 뚫어서 창문을 만든다

서양적인 조적(組積, 벽돌 등 건축재료를 쌓아서 만드는 방법) 구조의 창문.
옛날 성이나 창고의 창문은 이런 방식으로 만들어졌다.

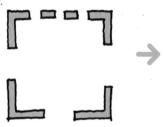

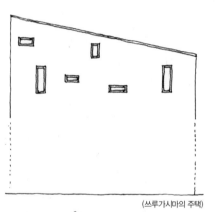

(쓰루가시마의 주택)

● 벽과 벽 사이가 창문

현대 건축에 많이 사용되는 창문

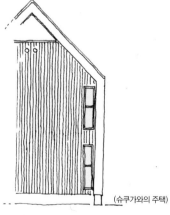

(슈쿠가와의 주택)

빛이 집 안쪽까지 들어오게

옛날 집은 비바람을 견디는 데 중점을 두어 지붕을 크게 만들어서 집 안이 낮에도 어두웠습니다. 하지만 천창이나 광정*을 이용하면 지붕이 지닌 이점은 그대로 살리고, 집의 안쪽까지 빛이 들어오게 할 수 있습니다. 단순한 아이디어지만 천창의 방향이나 위치에 주의를 기울이고, 직사광선이 아니라 반사시킨 부드러운 빛으로 실내를 채울 수 있도록 설계해보면 어떨까요.

2. 집 전체의 빠지를 생각한다 • 천창

● **천창과 광정의 구조**

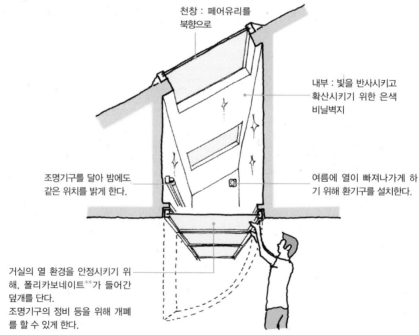

천창 : 페어유리를 북향으로

내부 : 빛을 반사시키고 확산시키기 위한 은색 비닐벽지

조명기구를 달아 밤에도 같은 위치를 밝게 한다.

여름에 열이 빠져나가게 하기 위해 환기구를 설치한다.

거실의 열 환경을 안정시키기 위해, 폴리카보네이트**가 들어간 덮개를 단다.
조명기구의 정비 등을 위해 개폐를 할 수 있게 한다.

* 光井, 지붕에서 천장 면까지 통처럼 뚫어 그 안의 반사율을 높게 만들어놓은 지붕창.
** 금속처럼 단단하고 투명하며 산과 열에 잘 견디므로, 금속 대신 기계 부품이나 창문, 렌즈 등에 쓰임.

● 천창으로 광정을 만든다

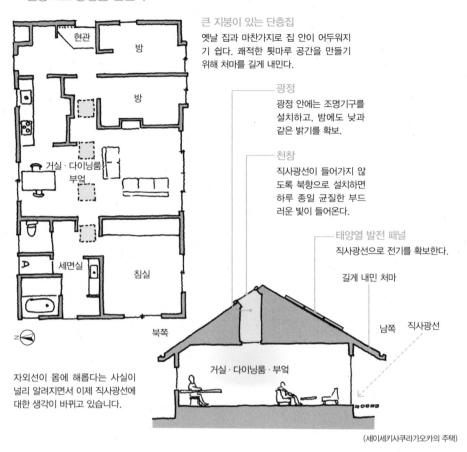

큰 지붕이 있는 단층집
옛날 집과 마찬가지로 집 안이 어두워지기 쉽다. 쾌적한 툇마루 공간을 만들기 위해 처마를 길게 내민다.

광정
광정 안에는 조명기구를 설치하고, 밤에도 낮과 같은 밝기를 확보.

천창
직사광선이 들어가지 않도록 북향으로 설치하면 하루 종일 균질한 부드러운 빛이 들어온다.

태양열 발전 패널
직사광선으로 전기를 확보한다.

길게 내민 처마

남쪽   직사광선

현관

방

방

거실 · 다이닝룸
부엌

세면실   침실

거실 · 다이닝룸 · 부엌

북쪽

(세이세키사쿠라가오카의 주택)

자외선이 몸에 해롭다는 사실이 널리 알려지면서 이제 직사광선에 대한 생각이 바뀌고 있습니다.

● 천창의 밝기는?

천창은 측면에 설치하는 창보다 3배가 밝다고 합니다.

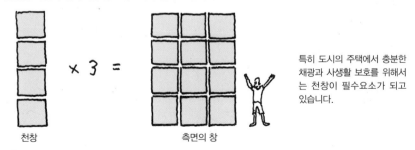

× 3 =

천창   측면의 창

특히 도시의 주택에서 충분한 채광과 사생활 보호를 위해서는 천창이 필수요소가 되고 있습니다.

마음까지 이어주는 상하층을 튼 공간

"큰 인물로 키우고 싶다면 천장을 높게 하라"라는 말이 있는데, 과연 그럴까요. 다만 "집에는 천장이 높은 방과 낮은 방이 다양하게 있는 것이 좋다"는 점은 분명합니다. 이를테면 집 안 한쪽에 1층과 2층을 터서 천장을 높게 하면, 더 넓고 확 트인 느낌을 주고 외관상 보기 좋으며 아래층과 위층 사이에 분위기나 기척을 느낄 수 있겠죠.

● 서로 이어져 있다고 할 수도 있지만…

현대인들은 각자 혼자 있으면서도 여러 SNS를 통해 다른 사람과 연결되어 있다고 생각할 수도 있습니다. 그러나….

● 분위기나 기척을 느낄 수 있다

말소리나 생활하면서 나는 소리뿐만 아니라 밥 짓는 냄새도 위아래를 튼 공간을 통해 집 전체에 퍼지는 집.

거실과 연결된다
아래층의 거실뿐만 아니라 맞은편 테라스와도 자연스럽게 이어지고 있습니다.

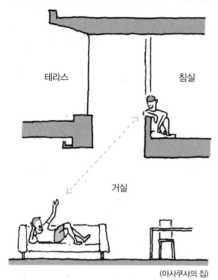

테라스

침실

거실

(아사쿠사의 집)

부엌과 이어진다
2층의 경사진 지붕을 연장해서 생겨난 트인 공간으로 항상 엄마의 기척을 느낄 수 있는 아이 방.

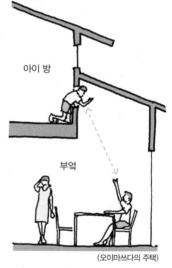

아이 방

부엌

(오이마쓰다의 주택)

다이닝룸과 연결된다
경사진 지붕 아래의 작은 공간을 이용해서 아래층의 다이닝룸과 이어지고 있습니다.

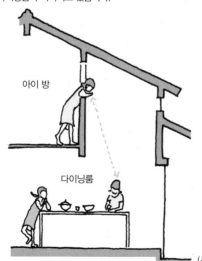

아이 방

다이닝룸

(시모우사 나카야마의 주택)

위아래를 튼 공간은 열이나 냄새가 쉽게 빠져 나가지 않기 때문에 작은 환기구 등을 설치하여 공기의 흐름을 만들어야 합니다.

공유형인가 분리형인가, 2세대 주택

이전에는 당연히 부모 세대와 자식 세대가 동거를 했지만, 핵가족화가 진행되면서 그런 모습을 보기 힘들어졌습니다. 하지만 근래 들어 땅값이 상승하고 양육, 고령화, 간병 등의 문제로 '2세대 주택'이 다시 늘어나고 있습니다. 그런데 2세대(3세대)가 한 지붕 아래에서 살기 위해서는 다양한 공간 배치가 필요합니다.

◈ 2세대 주택에는 주로 3세대가 함께 산다

공유형이든 분리형이든 한 지붕 아래에서 생활하는 2세대 주택의 매력은 사라지지 않습니다.

● 완전하게 '분리하는' 공간 배치

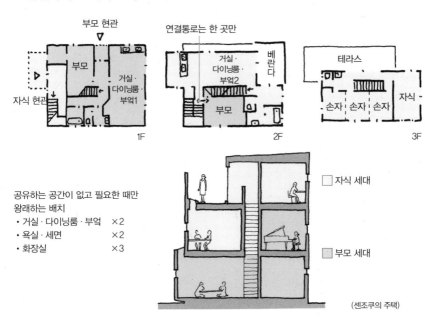

공유하는 공간이 없고 필요한 때만
왕래하는 배치
- 거실 · 다이닝룸 · 부엌   ×2
- 욕실 · 세면   ×2
- 화장실   ×3

☐ 자식 세대

☐ 부모 세대

(센조쿠의 주택)

● 공유하는 공간이 있는 배치

계단과 복도는 공유하고 화장
실, 욕실, 세면대는 따로 쓰는
공간 배치. 3층은 모두가 모이
는 공간으로.
- 거실 · 다이닝룸 · 부엌   ×2
- 욕실, 세면   ×2
- 화장실   ×2
- 작은 부엌   ×1

☐ 공유

☐ 자식 세대

☐ 부모 세대

(로쿠가쿠바시의 주택)

집의 넓이는 단면 계획으로 확보한다

협소한 주택이 무엇보다 해결해야 하는 문제는 공간을 확보하는 일입니다. 하지만 평면 계획만으로는 이 문제를 해결하기가 어려우며, 이것은 리모델링을 하든 새로 집을 짓든 마찬가지입니다. 그렇다면 관점을 바꾸어서 대담하게 단면 계획을 수정하면, '넓이'뿐만 아니라 채광이나 통풍, 생활동선 등의 문제를 해결할 수 있습니다.

● 평면도로는 알 수 없는 빈 공간

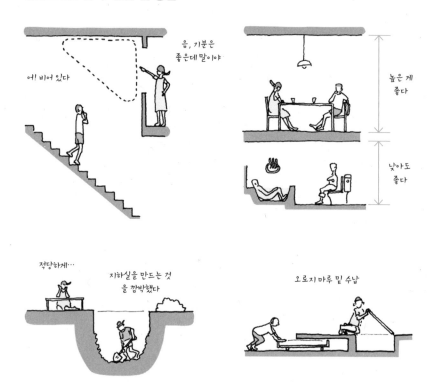

● 단면을 대담하게 바꾸어 본다

서민형의 좁고 긴 집의 리모델링

Before

정면의 폭이 2.73m인 1930~40년대 지어진 좁고 길쭉한 집. 흔히 '뱀장어 집'이라고 불리며, 햇볕도 제대로 들어오지 않고 주거환경이 나쁩니다.

창문이 작아서 빛이 들어오지 않기에 하루 종일 어두침침

좁은 현관

쓰지 않는 더그매도 활용한다

증축되어 일부가 낮아졌다

급경사에 위험한 계단

마루 밑도 귀중한 수납공간으로

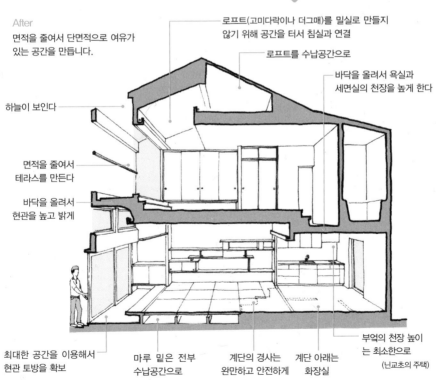

After

면적을 줄여서 단면적으로 여유가 있는 공간을 만듭니다.

로프트(고미다락이나 더그매)를 밀실로 만들지 않기 위해 공간을 터서 침실과 연결

로프트를 수납공간으로

바닥을 올려서 욕실과 세면실의 천장을 높게 한다

하늘이 보인다

면적을 줄여서 테라스를 만든다

바닥을 올려서 현관을 높고 밝게

최대한 공간을 이용해서 현관 토방을 확보

마루 밑은 전부 수납공간으로

계단의 경사는 완만하고 안전하게

계단 아래는 화장실

부엌의 천장 높이는 최소한으로

(닌교초의 주택)

91

● 변형된 협소주택은 지하 + 스킵플로어로

대지 면적은 61㎡밖에 안 되고 도로 사선제한에 걸리며 대지는 변형되어 있습니다. 이 세 가지 문제를 '지하+스킵플로어(각 층계참마다 반층 차 높이로 설계하는 방식)'로 해결합니다.

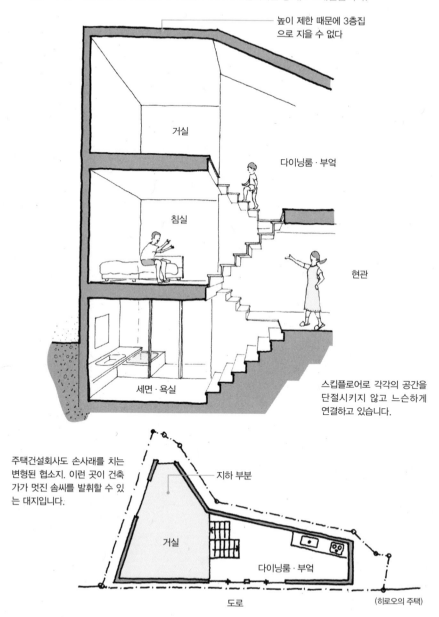

높이 제한 때문에 3층집으로 지을 수 없다

거실

다이닝룸 · 부엌

침실

현관

세면 · 욕실

스킵플로어로 각각의 공간을 단절시키지 않고 느슨하게 연결하고 있습니다.

주택건설회사도 손사래를 치는 변형된 협소지. 이런 곳이 건축가가 멋진 솜씨를 발휘할 수 있는 대지입니다.

지하 부분

거실

다이닝룸 · 부엌

도로

(히로오의 주택)

3장

집의 얼굴을
만드는 방법

볼륨으로 만드는 현대적인 집

볼륨은 원래 '입체 공간의 부피' 또는 '부피감'이라는 의미로 쓰이지만, 여기에서는 집짓기 블록이라는 의미로 쓰고 있습니다. 현대적인 건축물은 대체로 이 볼륨을 조작해서 만들어냅니다. 지붕, 처마, 툇마루와 같은 전통적인 요소를 배제하고 있는 듯이 보이지만, 높이나 길이를 달리하거나 조합하면 주변 환경에 적합한 세련되고 현대적인 집을 지을 수 있습니다.

● 세련된 현관은 볼륨으로 만든다

'처마, 테라스, 안마당' 이 생긴다

큐브와 같은
작은 단층집

맵시 있는 디자인에
효율적인 2층집

땅과 연결되어
생활할 수 있는 단층집

'높이' 를 달리하면 2층에
베란다가 생긴다.

'길이' 를 달리하면 1층에
처마가 생긴다.

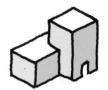

뚫고 들어간 구조로 다채로운
공간이 생겨난다.

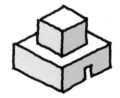

상징적인 모양이
안정감을 준다.

높이와 길이를 달리해서
다채로운 공간이 생겨난다.

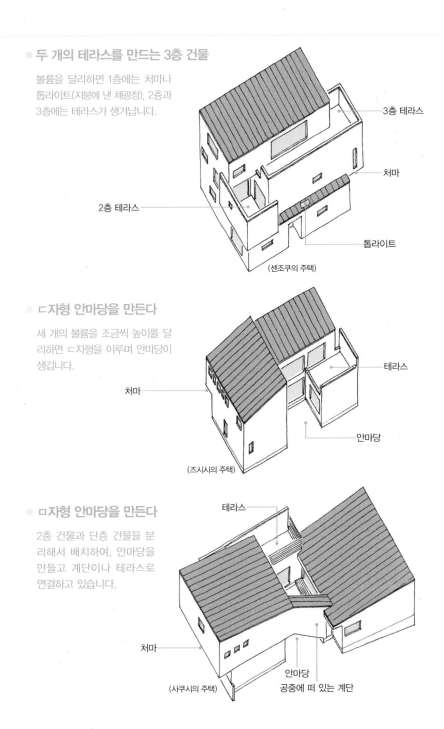

두 개의 테라스를 만드는 3층 건물

볼륨을 달리하면 1층에는 처마나
톱라이트(지붕에 낸 채광창), 2층과
3층에는 테라스가 생겨납니다.

3층 테라스

처마

2층 테라스

톱라이트

(센조쿠의 주택)

ㄷ자형 안마당을 만든다

세 개의 볼륨을 조금씩 높이를 달
리하면 ㄷ자형을 이루며 안마당이
생깁니다.

테라스

처마

안마당

(즈시시의 주택)

ㅁ자형 안마당을 만든다

2층 건물과 단층 건물을 분
리해서 배치하여, 안마당을
만들고 계단이나 테라스로
연결하고 있습니다.

테라스

처마

안마당
공중에 떠 있는 계단

(사쿠시의 주택)

지붕

지붕으로 만드는 전통적인 집

비나 눈이 많이 오거나 여름에는 덥고 겨울에는 추운 나라에서는 특히 지붕이
중요한 기능을 담당해왔습니다. 또한 지붕이 쭉 늘어서 있는 풍경은 사람들에게
그리움과 함께 안도감을 느끼게 합니다. 하지만 지붕의 특성을 충분히 살려서
집을 짓지 않으면 단순한 오두막이 되고 맙니다. 특히 전통적인 집은 높이를 낮
게 하면서 수평 방향으로 확장하고 리듬감을 의식해서 지을 필요가 있습니다.

● 특성이 있는 지붕을 선택하는 방법

강우량, 적설량, 방수, 방풍, 채광 등을 고려한다.

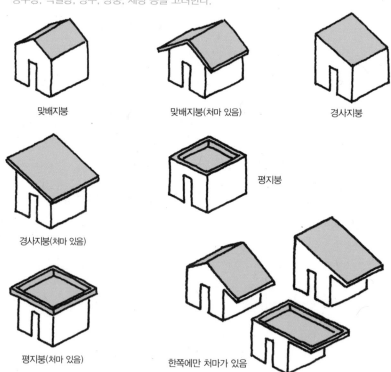

맞배지붕 맞배지붕(처마 있음) 경사지붕

경사지붕(처마 있음) 평지붕

평지붕(처마 있음) 한쪽에만 처마가 있음

맞배지붕 본체 + 부속된 맞배지붕

두 개의 맞배지붕을 겹쳐놓은 본체에 작은 맞배지붕 건물이 딸린 구성. 독립적인 욕실과 피아노실로 활용한다.

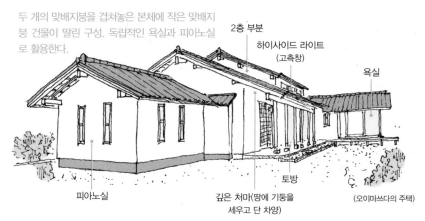

2층 부분

하이사이드 라이트
(고측창)

욕실

토방

깊은 처마(땅에 기둥을
세우고 단 차양)

피아노실

(오이마쓰다의 주택)

수평 방향으로 확장되는 느낌을 중시

세 개의 맞배지붕을 순서대로 겹쳐놓고 그 틈새에 하이사이드라이트를 설치합니다.

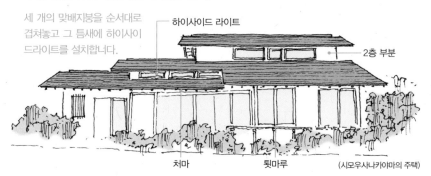

하이사이드 라이트

2층 부분

처마

툇마루

(시모우사나카야마의 주택)

박공*을 중시한 팔작집지붕 + 맞배지붕

작은 팔작집지붕의 배후에 큰 맞배지붕을 조합해서, 박공에 하이사이드라이트를 설치했습니다.

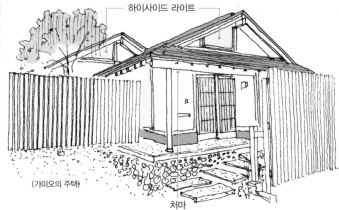

하이사이드 라이트

* 지붕 양 옆면의 마구리 부분. 마루머리 합각머리에 'ㅅ'자 형상으로 맞붙인 두꺼운 널.

(가미오의 주택)

처마

97

격자 틀로 만드는 전통적인 멋

낮에 햇빛과 바람이 들어오게 하고 싶은데 지나다니는 사람들의 시선이 신경
쓰일 때는 어떻게 하면 좋을까요. 그런 때는 집과 외부를 이어주는 필터로서
격자 틀을 세워두는 방법이 있습니다. 또한 전통적인 멋을 내고 싶은데, 대지
문제로 처마나 차양을 내지 못할 때도 격자 틀을 설치하면 전통적인 분위기를
풍길 수 있습니다. 생활방식이나 거리의 특성에 맞춰서 재질이나 크기, 간격
등을 변화시키면 겉보기에도 개성 있는 집을 만들 수 있습니다.

● 차양이나 루버로 외관을 만드는 방법

햇빛, 바람, 시선을 통하게 할 것인지 차단할 것인지를 생각하고 지나가는 사람들과의 거리도 고
려합니다.

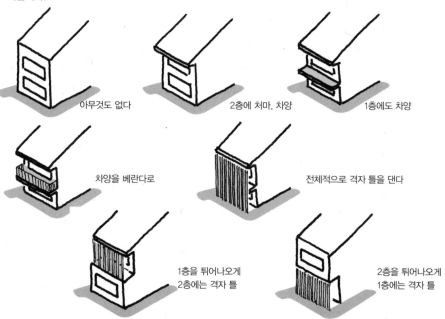

아무것도 없다

2층에 처마, 차양

1층에도 차양

차양을 베란다로

전체적으로 격자 틀을 댄다

1층을 튀어나오게
2층에는 격자 틀

2층을 튀어나오게
1층에는 격자 틀

● 2층 격자 틀

합성목재.

장중한 콘크리트 3층 건물이지만, 3층이 안쪽으로 들어가 있는 구조이므로 2층에 댄 격자가 허공에 떠있는 듯한 느낌을 주어 지나가는 사람들이 느낄 수 있는 위압감을 없앱니다.

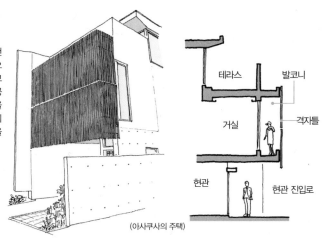

테라스 　 발코니

거실 　 격자틀

현관 　 현관 진입로

(아사쿠사의 주택)

● 1, 2층 격자 틀

자심목 목재

1층과 2층에 크기가 다른 격자 틀을 대어 볼륨이 분산되고 아담한 규모가 되었습니다. 위를 터놓은 형태여서 현관 진입로가 밝습니다.

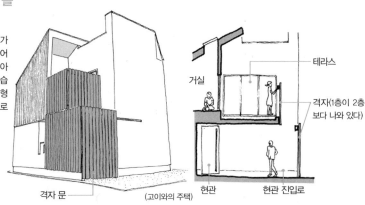

거실 　 테라스

격자(1층이 2층보다 나와 있다)

현관 　 현관 진입로

격자 문 　 (고이와의 주택)

● 1층 격자 틀

캐나다 삼나무 목재

1층 현관 진입로 옆에 일종의 완충 지대를 만들어 외관에 넉넉한 느낌을 줍니다.

격자 틀

거실

현관 진입로

(오유미노의 주택)

외장재의 특성을 살린다

주택 밀집 지역에서는 총면적을 확보하기 위해 2, 3층 건물로 짓는 경우가 많기에 외관이 단조로워지기 쉽습니다. 그런 경우에는 외장재를 다양하게 조합해서 집을 다채롭게 보이게 할 수 있는데, 각 층을 다르게 하는 정도로는 평범하여 효과가 없습니다. 1층을 마감한 재료로 2층 일부까지 마감하거나, 지붕을 마감한 재료로 외벽까지 마감하면 건물의 인상을 크게 바꿀 수 있습니다.

● **외장재를 조합해서 만드는 외관**
　내후성, 유지 · 관리, 분위기 등을 고려해서

a
모르타르 바탕, 미장 · 도료 도장

b
요업 계열(사이딩 · 타일)

c
목재 마감

d
금속 계열(사이딩 · 판금)

e
슬레이트(통칭 콜로니얼)

f
조합

● b + 콘크리트

철근콘크리트 구조(RC조) + 목조, 3층 건물

층별로 외장재를 다르게 하지 않고, 1층을 마감한 콘크리트를 2층 조금 위까지 사용해 단조로움을 피합니다.

d : 갈바륨 강판

철제 난간

b : 요업 계열 사이딩

조금 위까지
콘크리트로 마감

콘크리트 마감

(하스네의 주택)

● a + e

목조 3층 건물

3층 협소주택의 길쭉한 이미지를 없애기 위해 지붕을 마감한 석면 슬레이트를 벽까지 내려서 중심을 낮춤으로써 볼륨감을 줍니다.

철제 난간

e : 슬레이트

합성목재 격자 틀

a : 모르타르 + 도료 도장

(이케노하타의 주택)

● a + c + d

목조 2층 건물

사람이 기대는 곳은 목재로 마감하고, 그 밖의 부분은 잘 섞지 않는 강판이나 라이신 도료로 마감합니다. 좌우로 구분되는 외장재의 조합.

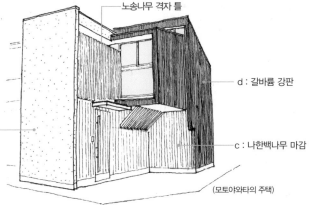

노송나무 격자 틀

d : 갈바륨 강판

a : 모르타르 라이신 도료

c : 나한백나무 마감

(모토야와타의 주택)

안쪽으로 들어서 배치해 그윽한 느낌을 준 현관

길에서부터 현관에 이르는 긴 진입로를 이르는 '노지(露地)'는 그 집의 품격을 나타냅니다. 대지가 넓지 않아 긴 진입로를 포기했다면, 아예 현관을 안쪽으로 들어서 배치해보면 어떨까요. "어서 오세요" 하며 반갑게 사람을 맞이하는 모습을 현관으로 표현하는 것입니다. 긴 처마와 벽으로 둘러싸인 현관에서는 바깥도 안도 아닌 묘한 안정감을 느낄 수 있습니다.

● 미닫이문의 현관

낮게, 그리고 조용하게 맞이하는 문

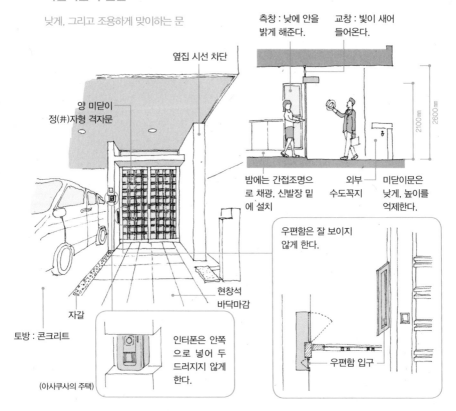

옆집 시선 차단

양 미닫이
정(井)자형 격자문

측창 : 낮에 안을 밝게 해준다.

교창 : 빛이 새어 들어온다.

2100mm
2600mm

밤에는 간접조명으로 채광, 신발장 밑에 설치

외부 수도꼭지

미닫이문은 낮게, 높이를 억제한다.

우편함은 잘 보이지 않게 한다.

현창석 바닥마감

자갈

토방 : 콘크리트

(아사쿠사의 주택)

인터폰은 안쪽으로 넣어 두 드러지지 않게 한다.

우편함 입구

● 쌍여닫이문의 현관

완전히 열면 넓은 토방과 이어지는 공간이 나타납니다.

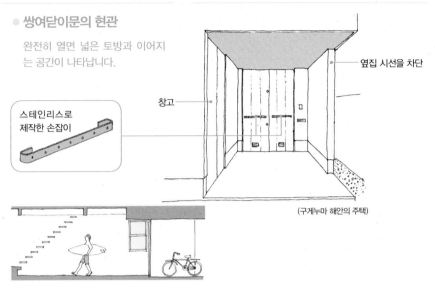

옆집 시선을 차단

창고

스테인리스로
제작한 손잡이

(구게누마 해안의 주택)

● 외여닫이문의 현관

크고 길게, 세로 방향을 강조한 디자인.

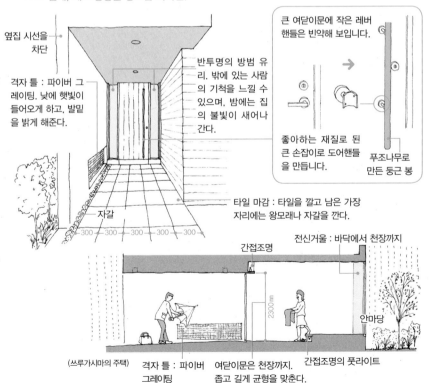

옆집 시선을
차단

격자 틀 : 파이버 그
레이팅. 낮에 햇빛이
들어오게 하고, 발밑
을 밝게 해준다.

반투명의 방범 유
리. 밖에 있는 사람
의 기척을 느낄 수
있으며, 밤에는 집
의 불빛이 새어나
간다.

큰 여닫이문에 작은 레버
핸들은 빈약해 보입니다.

좋아하는 재질로 된
큰 손잡이로 도어핸들
을 만듭니다.

푸조나무로
만든 둥근 봉

타일 마감 : 타일을 깔고 남은 가장
자리에는 왕모래나 자갈을 깐다.

자갈

300 300 300 300 300

전신거울 : 바닥에서 천장까지

간접조명

2300㎜

안마당

(쓰루가시마의 주택)

격자 틀 : 파이버
그레이팅

여닫이문은 천장까지.
좁고 길게 균형을 맞춘다.

간접조명의 풋라이트

103

발코니는 유지와 관리를 고려해야 한다

집을 지을 때는 몇 년 뒤 보수를 하거나 설비기기를 바꾸어야 한다는 점을 염두에 두어야 합니다. 특히 발코니 등에 쓰이는, 외부에 노출되는 목재는 아무리 방부 처리를 해도 반영구적이지 않습니다. 가능한 한 집의 기본 구조에 손대는 일 없이 분해하고 수리할 수 있도록 만들어야 합니다. 또한 외벽과 닿는 부분을 되도록 적게 하면 비가 새는 위험을 줄일 수 있습니다.

● 새로운 것이 당연히 좋겠지만…

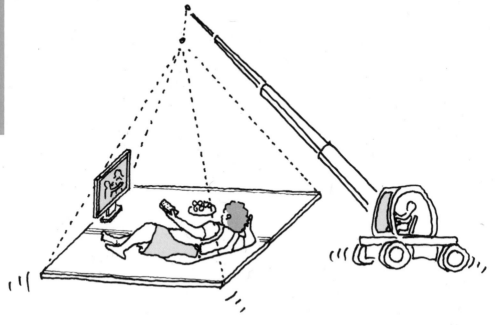

● 재생 가능한 발코니의 구조

외벽과 닿는 부분은 이 정도로만
썩어도 되는 저렴한 재료로 재생할 수 있도록 만듭니다.

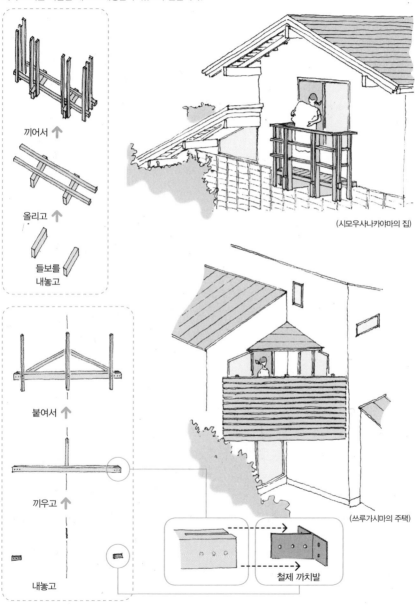

끼어서 ↑

올리고 ↑

들보를
내놓고

(시모우사나카야마의 집)

붙여서 ↑

끼우고 ↑

내놓고

(쓰루가시마의 주택)

철제 까치발

차고도 통풍과 채광이 중요하다

자동차는 성능이나 디자인을 따지는 취미의 대상에서 육아나 고령자를 돌보는 데 필요한 생활도구로 점차 바뀌고 있습니다. 그래서 차고도 주차만 하는 공간에서 생활의 연장선상에 있는 현장으로 바뀔 필요가 있습니다. 셔터로 닫혀 있는 어두운 차고가 아니라 햇빛이 들어오고 배기가스가 배출되며, 현관에서 비에 젖지 않고 들어갈 수 있는 동선으로 만들어야 합니다.

● 차고는 차를 위해서만 있는 것이 아니다

자동차가 취미의 대상이었던 예전에는 자동차를 소중히 보관하기 위한 차고가 주류를 이루었습니다.

이제 자동차는 가족에게 봉사하기 위한 훌륭한 도구이며, 차고도 이런 트렌드에 맞게 만듭니다.

● 햇빛과 바람을 통하게 하는 넓은 차

차고를 넓게 만들더라도 코인 주차장과 같은 살벌한 풍경이 되지 않도록 궁리를 해야 합니다.

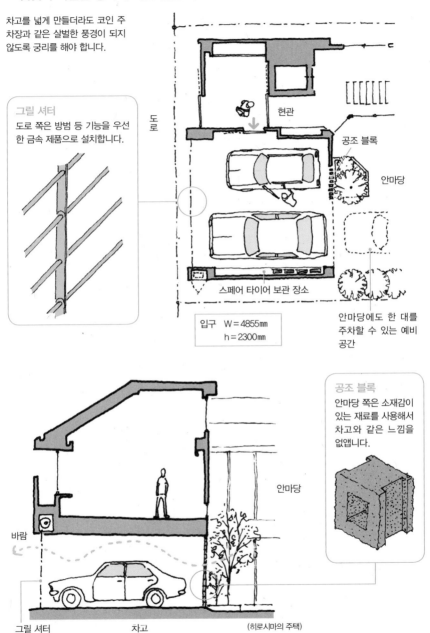

그릴 셔터
도로 쪽은 방범 등 기능을 우선한 금속 제품으로 설치합니다.

도로

현관

공조 블록

안마당

스페어 타이어 보관 장소

입구   W = 4855mm
      h = 2300mm

안마당에도 한 대를 주차할 수 있는 예비 공간

공조 블록
안마당 쪽은 소재감이 있는 재료를 사용해서 차고와 같은 느낌을 없앱니다.

안마당

바람

그릴 셔터   차고   (히로시마의 주택)

● 좁아도 궁리를 하면 효율적인 차고를 만들 수 있다

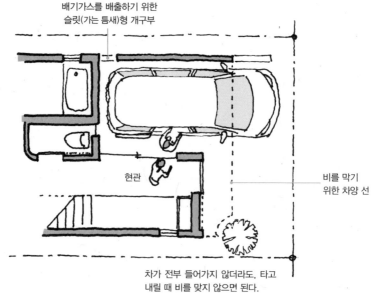

배기가스를 배출하기 위한
슬릿(가는 틈새)형 개구부

비를 막기
위한 차양 선

현관

차가 전부 들어가지 않더라도, 타고
내릴 때 비를 맞지 않으면 된다.

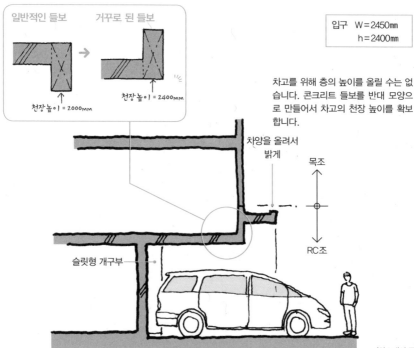

일반적인 들보   거꾸로 된 들보

천장높이 = 2000mm

천장높이 = 2400mm

입구   W = 2450mm
       h = 2400mm

차고를 위해 층의 높이를 올릴 수는 없
습니다. 콘크리트 들보를 반대 모양으
로 만들어서 차고의 천장 높이를 확보
합니다.

차양을 올려서
밝게

목조

RC조

슬릿형 개구부

(하스네의 주택)

4장

정리되는
집의 비밀

신발장이 아닌 현관 수납장

부엌에서 쓰는 조리 기구나 식기가 용도에 따라 다양하게 구비되어 있는 것처럼 신발도 용도에 맞게 갖춰놓다 보면 종류가 많아집니다. 평소에 사용하는 신발은 물론이고 비에 젖은 코트나 유모차, 골프백 등은 밖에 보관하는 편이 좋겠죠. 기본적으로 신발장이지만 클로크룸*과 같은 기능을 갖춘 수납장을 현관에 배치해보면 어떨까요.

● 현관 수납은 클로크룸처럼

안길이 65cm짜리 클로크룸으로 활용

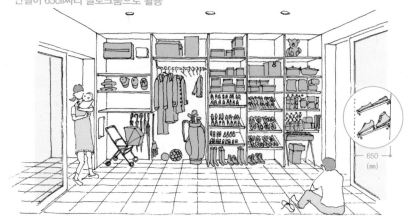

— 650 —
(mm)

다양한 종류 × 가족 수 = …
수는 많고 크기도 제각각

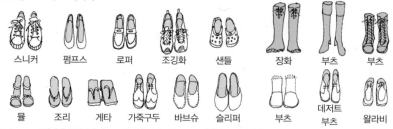

| 스니커 | 펌프스 | 로퍼 | 조깅화 | 샌들 | 장화 | 부츠 | 부츠 |

| 뮬 | 조리 | 게타 | 가죽구두 | 바브슈 | 슬리퍼 | 부츠 | 데저트 부츠 | 왈라비 |

*cloakroom, 호텔이나 공연장에서 코트류, 휴대품을 두는 곳. 주택에서는 현관이나 침실에 부속된 의복을 넣어두는 곳이나 방.

● 현관 토방과 이어지는 현관 클로크룸

현관 토방을 어느 정도 넓게 배치하면서 그 옆에 설치하는 현관 수납장. 두 방향으로 드나들 수 있으면 더 좋습니다.

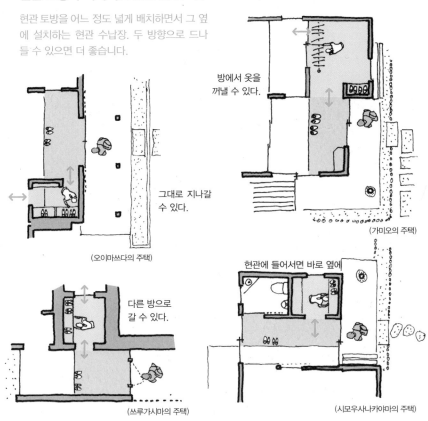

방에서 옷을 꺼낼 수 있다.

그대로 지나갈 수 있다.

(오이마쓰다의 주택)

다른 방으로 갈 수 있다.

(쓰루가시마의 주택)

(가미오의 주택)

현관에 들어서면 바로 옆에

(시모우사나카야마의 주택)

● 보관·수납은 실내에 들어서자마자

신발장이 아닌 의류수납 등을 위한 클로크룸으로 생각한다면, 복도의 연장선상에 현관수납장을 배치할 수도 있습니다.

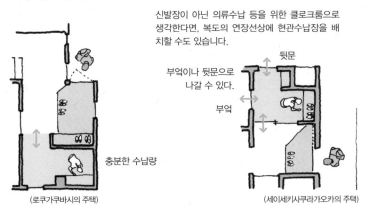

뒷문

부엌이나 뒷문으로 나갈 수 있다.

부엌

충분한 수납량

(로쿠가쿠바시의 주택)

(세이세키사쿠라가오카의 주택)

식품저장고는 보여야 한다

재난 대비에 대한 인식이 높아지면서 평화로운 시대의 상징이던 식품저장고를 천재지변이 일어났을 때 효율적으로 사용할 수 있도록 배치하는 쪽으로 인테리어 경향이 변하고 있습니다. 비상 식품은 감춰두는 것이 아니라 늘 보이는 곳에 두어야 하며, 수시로 유통기한을 확인해서 바꿔놓아야 합니다. 식품저장고는 가능한 한 막히는 곳이 되지 않도록 동선을 계획하고 통풍이나 채광도 고려할 필요가 있습니다.

● 식품 + 재난 대비 도구 = 비상식품 창고

비상용 식품에도 유통기한이 있습니다.
날짜에 맞춰 사용하고 새로 사놓는 것이 기본입니다.

● 계단 밑에 배치하는 식품저장고

계단 밑을 유용하게 사용할 수 있으며, 뒷문
을 통해 밖으로 나갈 수 있도록 설계합니다.

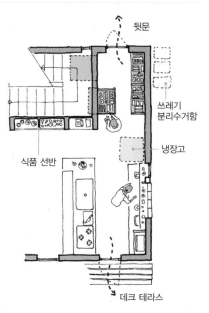

뒷문

쓰레기
분리수거함

냉장고

식품 선반

데크 테라스

층계참 밑은 서랍으로
(쓰루가시마의 주택)

● 양쪽에서 사용할 수 있는 식품저장고

다이닝룸과 부엌에서 사용할 수 있으며, 식품 선반으로도
쓸 수 있고, 통풍과 채광을 위해 상부를 개방했습니다.

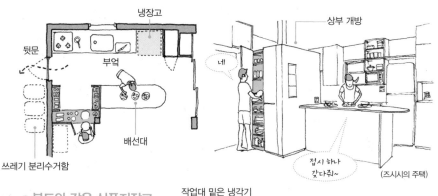

냉장고

뒷문

부엌

배선대

쓰레기 분리수거함

상부 개방

네

접시 하나
갖다줘~

(즈시시의 주택)

● 복도와 같은 식품저장고

의류 및 가재 수납실이나
뒷문으로 가는 동선의 중
간, 즉 복도와 같은 위치에
설치한 식품저장고

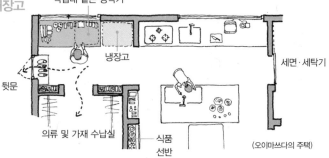

작업대 밑은 냉각기

냉장고

세면 · 세탁기

뒷문

의류 및 가재 수납실

식품
선반

(오이마쓰다의 주택)

옷방에도 통풍과 채광을

이제 옷방은 집에서 일반적인 공간이 되었습니다. 하지만 잘못 만들면 어두컴 컴하고 안에 있는 옷을 꺼내기 힘든 상황이 됩니다. 의류의 방충 효과 등을 생 각해서라도 가능한 한 통풍이 잘되게 하고 최소한의 채광을 확보할 필요가 있 습니다.

또한 침실 안쪽이나 앞쪽에 배치하는 편이 좋으며, 생활방식이나 공간배치의 특징을 고려해서 옷방에도 하나의 역할을 맡겨보면 어떨까요.

● 난공불락의 '옷 무덤'을 만들지 않는다

● 앞방 유형

침실에 들어가기 전의 앞방으로서 침실로 가는 통로에 옷방을 배치합니다. 사적인 공간으로 들어가는 완충지대의 역할을 합니다.

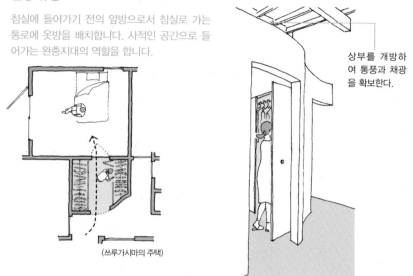

상부를 개방하여 통풍과 채광을 확보한다.

(쓰루가시마의 주택)

● 사방등(四方燈) 유형

목재 격자 틀과 반투명 소재로 구성해서, 침실에 사방등 같은 조명으로도 활용합니다.

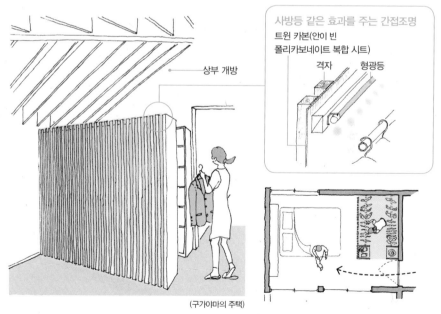

상부 개방

사방등 같은 효과를 주는 간접조명

트윈 카본(안이 빈 폴리카보네이트 복합 시트)

격자

형광등

(구가야마의 주택)

대용량을 깔끔하게 정리하는 벽면 수납

안길이가 45cm가량만 되어도 수납할 수 있는 물건들이 꽤 있습니다. 벽면 전체에 수납공간을 만들면 그런 물건들을 모조리 수납할 수 있습니다. 다만 길게 늘어서 있는 수납장은 위압감을 줄 수 있으므로 수납장을 바닥에서 올려 설치합니다. 또한 평평한 문을 달아서 벽과 자연스럽게 연결합니다. 이렇게 하면 한층 방이 넓어 보이며, 압도적인 부담감도 줄일 수 있습니다.

● 길이로 승부하는 벽면 수납

수납장을 바닥에서 올려 배치하고, 그 밑에 통풍과 채광을 위한 창을 설치합니다. 문을 열면 뭐가 어디에 있는지 일목요연하게 알 수 있으며, 수납한 물건을 잊어버리는 일이 없습니다.

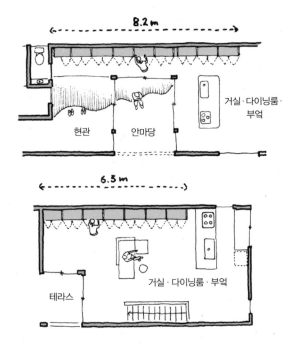

● 현관에서부터 거실 · 다이닝룸 · 부엌으로 이어지는 8.2m

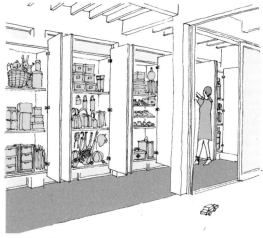

현관에서 거실 · 다이닝룸 · 부엌으로
이어지는 복도와 같은 공간. 안마당과
이어져 있기 때문에 쾌적하게 수납하
고 정리할 수 있습니다.

(게미가와의 주택)

● 거실 · 다이닝룸 · 부엌의 6.3m

침실에 배치하는 옷방이나 벽장
과 별도로, 거실 · 다이닝룸 · 부
엌에도 수납공간이 반드시 있어
야 합니다. 일상생활을 하면서
문득 떠올라서 구입한 물건들이
한둘이 아니죠.

(구게누마 해안의 주택)

세면실의 수납장은 한 짝의 미닫이문으로

매일 사용하는 물건은 깊이 넣어두지 않고 내놓고 쓰는 것이 편리합니다. 하지만 간혹 이런 물건들도 숨겨야 할 때가 있습니다. 손님이 왔을 때나 기분 전환을 하고 싶을 때는 눈에 보이지 않는 편이 좋겠죠. 특히 생활용품으로 가득 차 있는 세면실 수납장은 한 짝의 미닫이문으로 손쉽게 분위기를 바꿀 수 있습니다. 이렇게 장식용 선반으로 바뀌면 마음에 여유도 생기지 않을까요.

● 한 짝의 미닫이문, 세면실

미닫이문 한 짝으로 세면실을 깔끔하게 만들 수 있습니다. 손님이 왔을 때 깨끗하게 보이게 할 수 있을 뿐만 아니라 일상생활에서 기분을 전환시킬 수도 있습니다.

보여주고 싶지 않은 일상용품은 왼쪽

보여주고 싶은 간단한 장식품 등은 오른쪽

(구게누마 해안의 주택)

4. 정리되는 집의 비밀 · 세면실

● 한 짝의 미닫이문, 화장실

감춰두고 싶은 물건이 수두룩하지만
여유롭게 잡지꽂이를 설치합니다.

보여도 되는 것

보이고 싶지 않은 것

잡지꽂이

세면대

수건

관엽식물

두루마리 화장지 꽂이

배관

청소도구

화장지

수납

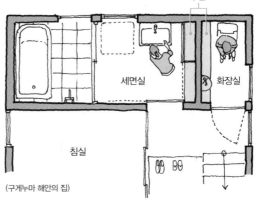

집 안 어디든 물건은 쓰는 자리에
수납할 수 있어야 합니다.

세면실

화장실

침실

(구게누마 해안의 집)

바닥이 높은 작은 방의 서랍식 수납공간

잠깐 쉬거나 낮잠을 잘 수 있는 방이 하나쯤 있으면 편리합니다. 다만 단차를 만들어 바닥을 올리지 않으면 마치 광부들 합숙소처럼 보이게 됩니다. 또한 높게 올린 바닥은 그 안을 서랍식 수납공간으로 쓸 수 있습니다. 의외로 꽤 많은 물건을 수납할 수 있으며 전체적으로 한눈에 들어오기에 꺼내 쓰기도 쉽습니다. 수납공간이 부족한 거실·다이닝룸·부엌에는 반드시 필요한 공간입니다.

● 1층 거실·다이닝룸·부엌 옆의 9.9㎡(3평)가량의 공간

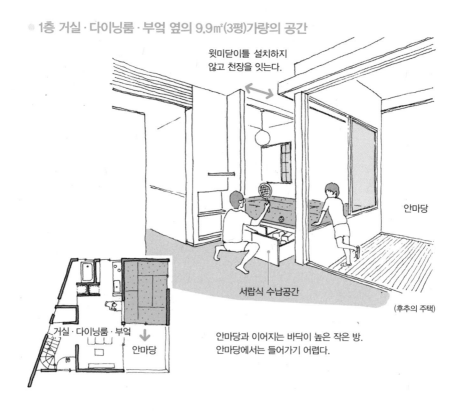

윗미닫이틀 설치하지 않고 천장을 잇는다.

안마당

서랍식 수납공간

(후추의 주택)

거실·다이닝룸·부엌

안마당

안마당과 이어지는 바닥이 높은 작은 방.
안마당에서는 들어가기 어렵다.

● 2층 거실 · 다이닝룸 · 부엌 옆의 4.96㎡(1평 반)가량의 방

작은 방은 답답하지 않게 데크 테라스와 통하게
합니다.

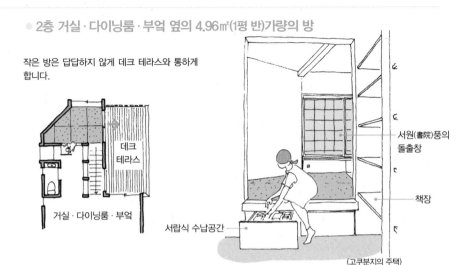

거실 · 다이닝룸 · 부엌

데크
테라스

서랍식 수납공간

서원(書院)풍의
돌출창

책장

(고쿠분지의 주택)

● 1층 거실 · 다이닝룸 · 부엌 옆의 3.3㎡(1평)가량의 방

1평쯤 되는 공간이지만 주위에 나무판자를 대어 자유롭
게 크기를 조정할 수 있습니다. 방이라기보다 방에 딸려
있는 한 귀퉁이와 같은 공간.

거실 · 다이닝룸 · 부엌

안마당

이어붙여 놓은 나무판자

서랍

(구가야마의 주택)

● 2층 거실 · 다이닝룸 · 부엌 옆의 4.96㎡(1평 반)짜리 방

아기의 기저귀를 갈거나 낮잠을 재우는
등 아이를 키우는 데 유용한 공간.

데크 테라스

거실 ·
다이닝룸 · 부엌

벽 두께 정도의
얇은 장식 선반

데크 테라스

위로 올려서 여는 문

(고이와의 주택)

책장은 부드러운 곡선으로

책장을 도서관이나 책방처럼 방안에 딱 들어맞게 배치하면 집 안이 딱딱해 보입니다. 모처럼 책장을 만들어 배치한다면, '상자'라는 생각을 버리고 부드러운 곡선으로 만들어보면 어떨까요. 책이나 수집품 등 장식하는 물건의 다양성을 고려해서 책장의 높이나 깊이를 적절하게 조절하여 아름답고 실용적이며 생동감이 있는 책장으로 만들기를 권합니다.

● 제작하는 사람 위주의 책장은 필요 없다

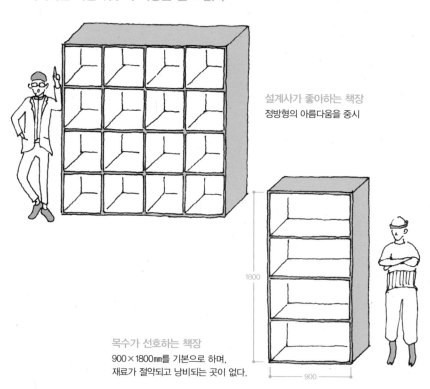

설계사가 좋아하는 책장
정방형의 아름다움을 중시

1800

목수가 선호하는 책장
900×1800㎜를 기본으로 하며,
재료가 절약되고 낭비되는 곳이 없다.

900

4. 정리되는 집의 비밀 · 책장

❋ 책장의 디자인은 무엇을 장식하느냐가 결정한다!

(단위 : mm)

가로로 뻗어 있는 책장

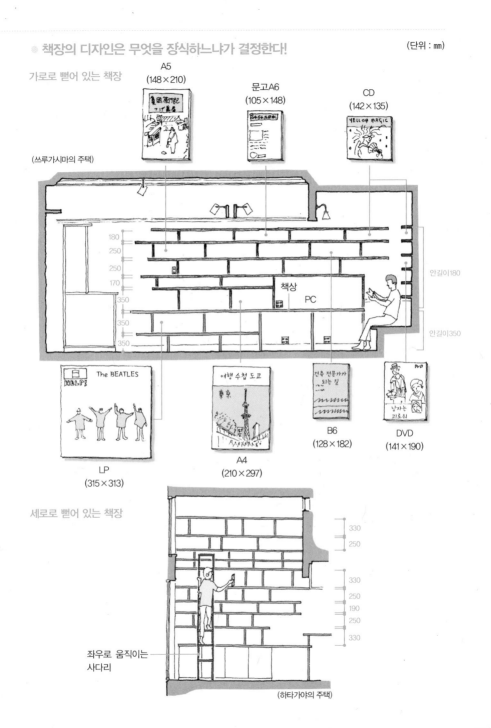

A5
(148×210)

문고A6
(105×148)

CD
(142×135)

(쓰루가시마의 주택)

180
250
250
170
350
350
350

책상

PC

안길이180

안길이350

The BEATLES

여행 수첩 도쿄

건축 전문가가
되는 길

B6
(128×182)

DVD
(141×190)

LP
(315×313)

A4
(210×297)

세로로 뻗어 있는 책장

330
250

330
250
190
250
330

좌우로 움직이는
사다리

(하타가야의 주택)

● 작은 책은 계단 옆을 노려라!

(단위 : mm)

계단의 발판을 연장한 책장

175 문고 전용

계단 단높이 205

일반적인 계단 아래 수납

180

(고쿠분지의 주택)

A5판까지 들어가는
철골조 책장

발판 : 들메나무 집성재
두께 30

철재 : 평강 두께 6㎜ ㄷ자형으로 가공

책장

220

컨트롤러형 인터폰

(지바의 주택)

유리 블록 190×190×80
아래 단에 빛이 들어가게 한다

콘센트

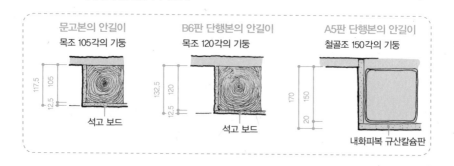

문고본의 안길이
목조 105각의 기둥

117.5
105
12.5

석고 보드

B6판 단행본의 안길이
목조 120각의 기둥

132.5
120
12.5

석고 보드

A5판 단행본의 안길이
철골조 150각의 기둥

170
150
20

내화피복 규산칼슘판

5장

세세한 부분을
빈틈없이

현관 마루귀틀이 만들어내는 집의 얼굴

예전에는 집 밖과 집 안을 경계짓기 위해 복도와 현관의 마루귀틀을 지반보다 높게 배치했습니다. 하지만 현대에 들어와 복도에 마루를 깔지 않게 되면서 다른 장치가 설치되었고, 진입로가 정돈되면서 현관 마루귀틀의 높이가 자유로워졌습니다. 현관 마루귀틀은 그 집의 건축 콘셉트를 보여주는 부분이라고 할 수 있습니다. 격식을 중시할 것인지, 아니면 한층 기능적으로 만들 것인지 결정해야 합니다.

5. 세세한 부분을 빈틈없이 · 현관 마루귀틀

● 현관 마루귀틀의 높이는 집의 격식을 나타낸다

단 격식의 선택은 자유

전통적인 높은 마루귀틀
무릎을 꿇고 인사할 때
시선이 맞는 높이

서구식 일상생활용 마루귀틀
계단의 단높이와 같은 높이

기능적 용도의 낮은 마루귀틀
휠체어가 올라가기 쉬운 높이

● 전통적인 높은 마루귀틀

(단위 : mm)

전통적인 걸터앉을 수 있는 높이

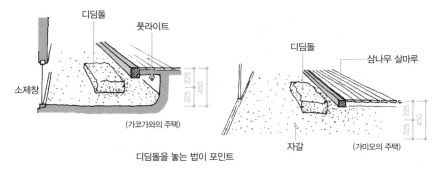

디딤돌을 놓는 법이 포인트

● 서구식 일상생활용 마루귀틀

토방과 가까운 높이　　　　　　　비스듬히 깐 타일

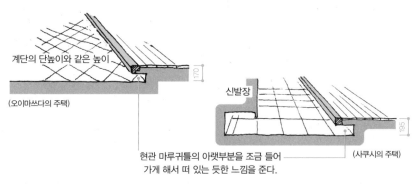

현관 마루귀틀의 아랫부분을 조금 들어
가게 해서 떠 있는 듯한 느낌을 준다.

● 기능적 용도의 낮은 마루귀틀

휠체어도 넘어갈 수 있는 높이　　　협소지와 건물 높이의 영향으로
　　　　　　　　　　　　　　　　　마루귀틀도 낮게

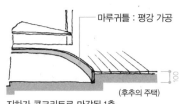

튼튼한 금속제 마루귀틀로 곡선 배치도 가능

미닫이문은 열렸을 때 진가를 발휘한다

구식이라고 한동안 외면받던 미닫이문. 하지만 서양풍 여닫이문의 인기가 서서히 떨어지면서 미닫이문의 실용성이 재평가되고 있습니다. 아마 옆으로 살짝 밀어야 하는 조심스런 움직임과 문의 모습을 감출 수 있는 점이 높이 평가받고 있는 것이 아닐까요. 요컨대 미닫이문은 열렸을 때 그 진가를 알 수 있습니다. 방바닥의 문턱이 사라지고 문턱을 없애는 배리어프리는 당연한 시대가 되었으며 상인방도 없어지면서 미닫이문은 서서히 한 장의 움직이는 벽으로 진화해가고 있습니다.

● 미닫이문, 그 존재의 참을 수 없는 가벼움

디자인이란 무엇일까? 공간의 본질이란 무엇일까? 이곳은 상업 건축이 아닌, 사람이 사는 집. 지나치게 장식적이던 이전의 문은 이제 슬슬 물러가야 할 때가 된 것 같습니다.

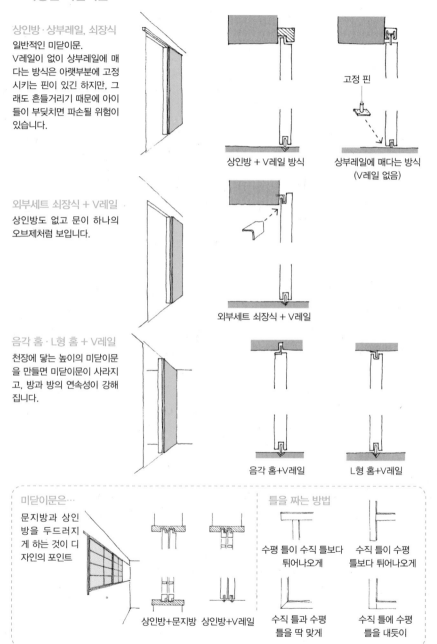

● 다양한 미닫이문

상인방·상부레일, 쇠장식
일반적인 미닫이문.
V레일이 없이 상부레일에 매
다는 방식은 아랫부분에 고정
시키는 핀이 있긴 하지만, 그
래도 흔들거리기 때문에 아이
들이 부딪치면 파손될 위험이
있습니다.

고정 핀

상인방 + V레일 방식   상부레일에 매다는 방식
(V레일 없음)

외부세트 쇠장식 + V레일
상인방도 없고 문이 하나의
오브제처럼 보입니다.

외부세트 쇠장식 + V레일

음각 홈·L형 홈 + V레일
천장에 닿는 높이의 미닫이문
을 만들면 미닫이문이 사라지
고, 방과 방의 연속성이 강해
집니다.

음각 홈+V레일   L형 홈+V레일

미닫이문은…
문지방과 상인
방을 두드러지
게 하는 것이 디
자인의 포인트

상인방+문지방   상인방+V레일

틀을 짜는 방법

수평 틀이 수직 틀보다   수직 틀이 수평
튀어나오게   틀보다 튀어나오게

수직 틀과 수평   수직 틀에 수평
틀을 딱 맞게   틀을 내듯이

큰 창문에는 미닫이가 어울린다

큰 창문은 햇빛을 차단하고 단열 기능을 갖추어야 할 뿐만 아니라 외부 시선도 차단시켜서 사생활을 보호해야 합니다. 이런 창문은 어떻게 장식할 것인가가 핵심입니다. 창문에는 커튼, 롤스크린, 블라인드 등이 주로 쓰이는데, 그 선택지 중에 미닫이도 넣어보면 어떨까요. 미닫이는 옛날식이며 전통적인 방에 어울린다는 생각을 버리면, 기능성이 뛰어나고 자유롭게 디자인할 수 있어 집 안의 분위기를 바꾸는 데 좋은 소재입니다.

● 창문 가리개로 장지문도 대안에 넣는다

창문 가리개는 제각각 장단점이 있으며, 무엇을 쓰느냐에 따라 방의 분위기가 확 바뀝니다.

창문만 있으면
뭔가가 더 필요하다.

커튼
단열성은 높지만 존재감이 크다.

롤스크린
완전히 벽처럼 되지만 위에서 빛이 들어오지 못한다.

블라인드
빛을 조정하기 쉽지만 아이들 장난으로 망가지기 쉽다.

미닫이

미닫이는 어느 정도 창문을 밀폐시키기 때문에 단열 효과가 높습니다. 최근 강화된 제품도 판매하므로 아이들이 있는 집에서도 사용할 수 있게 되었습니다.

● 현대적인 디자인에 어울리는 미닫이

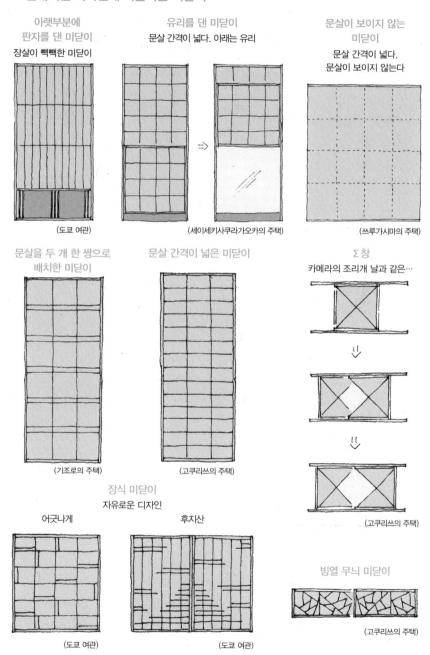

아랫부분에
판자를 댄 미닫이

장살이 빽빽한 미닫이

(도쿄 여관)

유리를 댄 미닫이
문살 간격이 넓다. 아래는 유리

(세이세키사쿠라가오카의 주택)

문살이 보이지 않는
미닫이

문살 간격이 넓다.
문살이 보이지 않는다

(쓰루가시마의 주택)

문살을 두 개 한 쌍으로
배치한 미닫이

(기조로의 주택)

문살 간격이 넓은 미닫이

(고쿠리쓰의 주택)

Σ창
카메라의 조리개 날과 같은…

(고쿠리쓰의 주택)

장식 미닫이
자유로운 디자인

어긋나게

(도쿄 여관)

후지산

(도쿄 여관)

빙열 무늬 미닫이

(고쿠리쓰의 주택)

마감을 하지 않는 천장의 매력

구태여 마감을 하지 않고 뼈대를 그대로 드러내보이는 천장도 있습니다. 집을 이루는 뼈대를 있는 그대로 보여주면 역동성을 느낄 수 있지요. 원래는 감추는 공간을 보여주는 것이기에 여러 가지 아이디어를 시도해볼 수 있습니다. 천장이 높아지고 비용이 절감되는 이점이 있으며, 뼈대를 살려서 조명을 설치하거나 장식적 효과를 낼 수 있는 방법 등을 궁리해서 원하는 분위기를 내보면 어떨까요.

● 서까래나 동귀틀이 보여도 괜찮은 인테리어

맞배지붕의 경사진 서까래
뼈대를 아름답게 보이게 하기 위한 하이사이드 라이트는 필수. 교회와 같은 숭고한 분위기를 낼 수 있습니다.

하이사이드 라이트

(슈쿠가와의 주택)

5. 세세한 부분을 빈틈없이 · 천장

● HP셸* 지붕의 경사진 서까래

남쪽을 향해 서까래 하나하나가 넘어가는 듯한 지붕. 겨울에는 하이사이드 라이트를 통해 방 안 깊숙한 곳까지 햇빛이 들어옵니다.

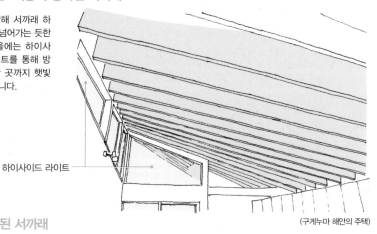

하이사이드 라이트

(구게누마 해안의 주택)

● 연결된 서까래

연결된 서까래의 연속성과 리듬감이 역동적인 느낌을 줍니다.

(와라비의 주택)

조명기구

아크릴판

연결된 서까래의 조명

연결된 서까래 사이에 형광등을 설치하고, 아크릴판을 대어 조명기구를 만듭니다.

● 2층 마루의 들보와 동귀틀

지붕뿐만 아니라 2층 마루도 그대로 보여줄 수 있습니다.

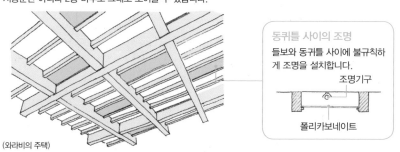

(와라비의 주택)

동귀틀 사이의 조명

들보와 동귀틀 사이에 불규칙하게 조명을 설치합니다.

조명기구

폴리카보네이트

* Hyperbolic Paraboloid Shell : 쌍곡선 외각 구조

세월의 아름다움을 표현하는 효과

오래된 목재는 고유의 분위기를 자아내어 장식으로 유용하게 쓸 수 있습니다. 또한 오랜 시간에 걸쳐 자연적으로 건조되면서 강도가 강해졌기에 중요한 구조재로도 사용할 수 있습니다. 새로 지은 번쩍거리는 집이라도 이런 목재를 쓰면 세월이 지닌 묵직한 분위기를 풍기는 효과를 냅니다. 새로운 통나무라도 자귀로 깎아서 사용하면 오래된 목재와 같은 느낌을 낼 수 있습니다.

● 오래된 목재를 활용해서 그 생명력을 느끼자

오래된 각재목
집의 중심인 거실 · 다이닝룸 · 부엌에 오래된 각재목을 기둥과 들보로 사용했습니다. 지붕의 뼈대를 그대로 노출시키는 여유로운 공간에 사용하면 한층 효과적입니다.

(가미오의 주택)

오래된 통나무

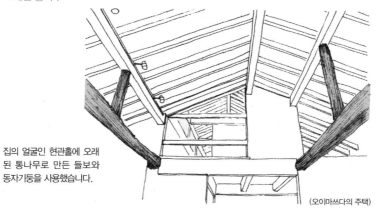

집의 얼굴인 현관홀에 오래된 통나무로 만든 들보와 동자기둥을 사용했습니다.

(오이마쓰다의 주택)

새 통나무

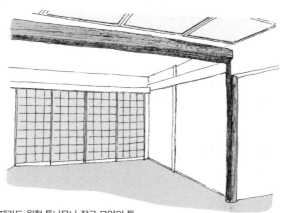

오래되지 않은 목재라도 원형 통나무나 장구 모양의 통나무를 구조재로 쓰면 분위기가 크게 달라집니다.

(세이세키사쿠라가오카의 주택)

원형 통나무
단면적이 크기 때문에 강도는 강해지지만 그만큼 중량이 커진다.

장구 모양의 통나무
상하가 결정되기 때문에 원형 통나무보다 목수가 가공하기 쉽다.

각재
공장에서 가공할 수 있기 때문에 저렴한 가격으로 유통된다.

오래된 목재
오래된 목재 특유의 그을린 느낌이나 파인 흔적 등이 중후함을 드러낸다.

동퀴틀을 댄 자국

못 자국

구멍

벤치는 여유롭게 시간을 즐기는 곳

공공장소에서 사람들은 다른 사람들을 배려해서 벤치에 눕거나 엎드리지 않습니다. 그런데 생각해보면 벤치에 앉으면 무심결에 눕고 싶어지지 않나요. 아이들에게 의자에 앉아서 단정하게 식사를 해야 한다고 교육시키지만, 밥그릇을 비우기가 바쁘게 아이들은 의자를 박차고 나갑니다. 이런 의자는 의외로 불편합니다. 반면 벤치는 그 여유로움이 사람들을 불러오는 것일지도 모릅니다.

● 벤치, 느슨한 여유를 느낀다

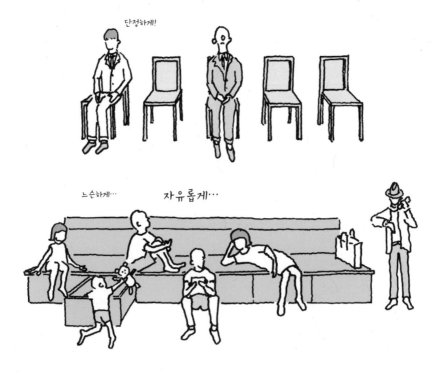

● 벤치는 사람들을 부른다

긴 의자
뜰이 있는 옛날 주택에는 전통
을 살려 현관 옆에 긴 의자를
설치했습니다.

(가미오의 주택)

삼나무 판자와 대나무의 조합

벤치는 꼭 격식 때문에 설치하는 것
은 아닙니다. 잠깐 물건을 올려놓거
나 아이를 앉아서 기다리게 하는 등
일상생활에서도 자주 쓰입니다.

(시모우사나카야마의 주택)

서랍이 달린 긴 의자
앉아 있을 수 있으며 방바닥에 앉았을 때
등을 기댈 수도 있습니다.

수납공간이 있는 긴 의자
거실·다이닝룸·부엌에 필요
한 수납공간으로 활용합니다.

(가미오의 주택)

(즈시시의 주택)

거울

사람과 집을 빛나게 하는 거울의 매력

집 밖에서는 거울을 보기가 왠지 쑥스럽지만, 집 안에서는 마음껏 자신의 모습을 비쳐볼 수 있습니다. 전신거울은 옷방이나 현관 주변의 벽에 붙여놓고, 세면실에는 삼면경 등을 구입해 놓아둡니다. 거울은 공간을 한층 넓어 보이게 하는 효과를 내는 데 이용되며, 자연스럽게 배후의 분위기를 느끼게 해주는 '또 하나의 창'으로 활용되기도 합니다.

● 남자의 거울은 록으로 결정된다

거친 로커에게서 거울을 지키기 위해 동파이프의 바나 L자 앵글을 설치한 디자인.

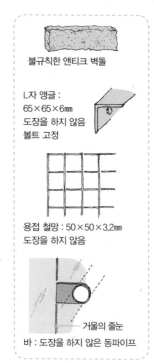

불규칙한 앤티크 벽돌

L자 앵글 :
65×65×6mm
도장을 하지 않음
볼트 고정

용접 철망 : 50×50×3.2mm
도장을 하지 않음

거울의 줄눈

바 : 도장을 하지 않은 동파이프

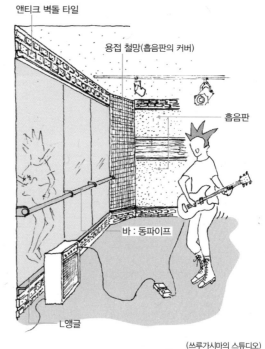

앤티크 벽돌 타일

용접 철망(흡음판의 커버)

흡음판

바 : 동파이프

L 앵글

(쓰루가시마의 스튜디오)

거울은 또 하나의 벽 마감재

벽을 마감하는 거울

바닥에서 천장까지 이어지는 전신거울. 안마당과 이어지는 밝은 곳에 설치하면 사물이 비쳐 실내가 넓게 느껴집니다.

W=500㎜
h=2400㎜

이동하는 거울 수납

덜컹거리는 삼면경 문짝은 쓰기에 번거롭지만 옆으로 미는 문짝에 거울을 달면 자신이 쓰고 싶은 물건을 꺼내 쓸 수 있습니다.

(쓰루가시마의 주택)

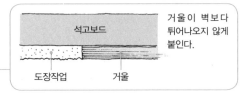

석고보드

거울이 벽보다 튀어나오지 않게 붙인다.

도장작업   거울

기성품도 활용하자

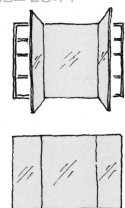

시판되는 삼면경 수납

붙박이 거울을 달지 않고 예술 작품과 같은 거울을 건다.
(사쿠라이 유미코의 작품)

반걸음 나아간 아이디어가 돋보이는 난간

가장 안전한 난간은 '평범한 난간'입니다. 손에 착 달라붙는 양질의 고무와 같은 소재를 난간두겁*으로 대고, 눈에 확 띄는 빨간색으로 칠해진 난간이 대표적이겠죠. 그런데 대체로 수평과 수직으로 지어진 집 안에서 비스듬한 선으로 이루어진 난간은 왠지 부자연스러운 느낌을 줍니다. 불특정 다수가 대상이 아닌 일반 개인주택에서는 최소한의 안전성을 확보하면서 가급적이면 자연스러운 디자인이 요구됩니다.

● 안전은 기본, 무심결에 만져보고 싶은 난간

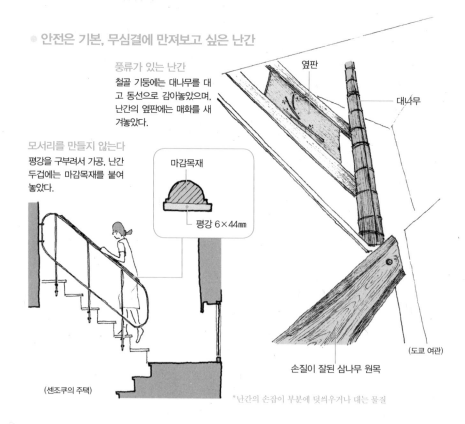

풍류가 있는 난간
철골 기둥에는 대나무를 대고 동선으로 감아놓았으며, 난간의 옆판에는 매화를 새겨놓았다.

옆판

대나무

모서리를 만들지 않는다
평강을 구부려서 가공. 난간두겁에는 마감목재를 붙여놓았다.

마감목재

평강 6×44mm

손질이 잘된 삼나무 원목

(도쿄 여관)

(센조쿠의 주택)

*난간의 손잡이 부분에 덧씌우거나 대는 물질

'세 개의 화살'을 뜻하는 난간

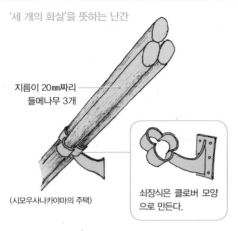

지름이 20mm짜리
들메나무 3개

(시모우사나카야마의 주택)

쇠장식은 클로버 모양
으로 만든다.

기성품의 마감목재로 조합한 난간

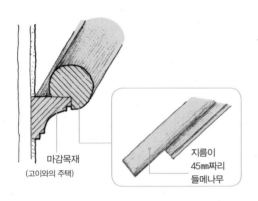

마감목재
(고이와의 주택)

지름이
45mm짜리
들메나무

천장에서 나와서 바닥으로 사라진다

붓으로 한 획을 긋듯 설치한 난간. 소매가 걸리지
않는 이점이 있다.

(쓰루가시마의 주택)

철과 나무로 된 난간

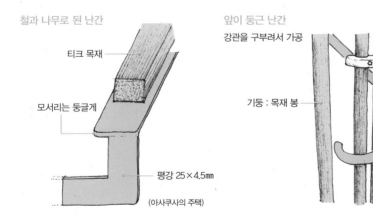

티크 목재

모서리는 둥글게

평강 25×4.5mm

(아사쿠사의 주택)

앞이 둥근 난간

강관을 구부려서 가공

기둥 : 목재 봉

(게미가와의 주택)

간단하게 만드는 세계에서 하나뿐인 철물

건축법이 엄격해지고 주택 관련 제품의 성능이 향상되면서 모든 집들이 비슷해지고 있습니다. 이제는 어떻게 자신만의 독특한 멋을 내느냐가 그 집의 색깔을 결정하는 관건이 되었습니다. 가령 반드시 필요한 문고리나 손잡이는 훌륭한 기성품으로 시중에 나와 있지만, 나만의 독특한 디자인을 생각해내서 동네 철물점의 재료로 소박하게 만들어보면 어떨까요. 이는 결코 어려운 일이 아닙니다.

● 철물점에서 원하는 철물을 만들자

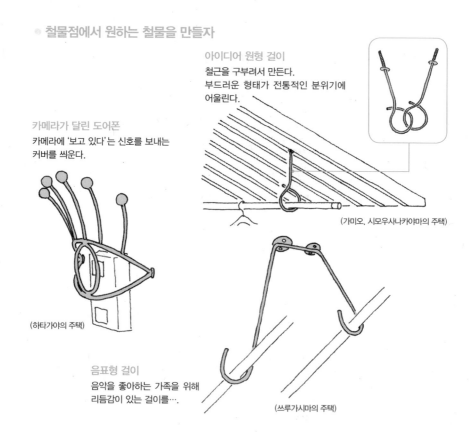

아이디어 원형 걸이
철근을 구부려서 만든다.
부드러운 형태가 전통적인 분위기에
어울린다.

카메라가 달린 도어폰
카메라에 '보고 있다'는 신호를 보내는
커버를 씌운다.

(가미오, 시모우사나카야마의 주택)

(하타가야의 주택)

음표형 걸이
음악을 좋아하는 가족을 위해
리듬감이 있는 걸이를….

(쓰루가시마의 주택)

5. 세세한 부분을 빈틈없이 · 인테리어 철물

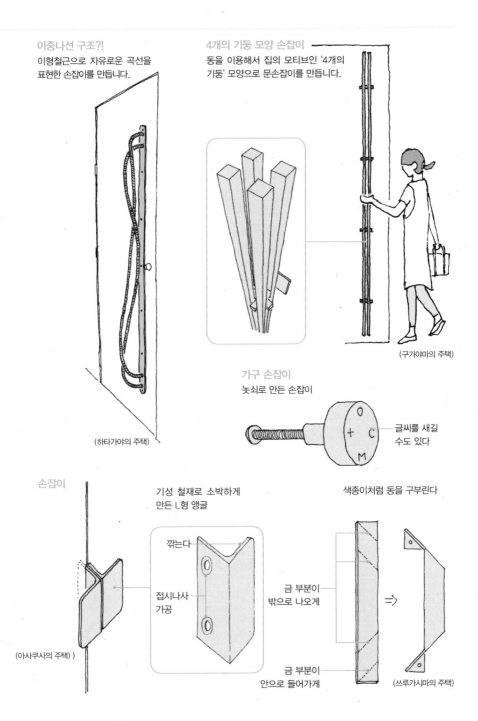

이중나선 구조?!
이형철근으로 자유로운 곡선을
표현한 손잡이를 만듭니다.

4개의 기둥 모양 손잡이
동을 이용해서 집의 모티브인 '4개의
기둥' 모양으로 문손잡이를 만듭니다.

(구가야마의 주택)

(하타가야의 주택)

가구 손잡이
놋쇠로 만든 손잡이

글씨를 새길
수도 있다

손잡이

기성 철재로 소박하게
만든 L형 앵글

색종이처럼 동을 구부린다

깎는다

접시나사
가공

금 부분이
밖으로 나오게

⇒

(아사쿠사의 주택))

금 부분이
안으로 들어가게

(쓰루가시마의 주택)

143

모르타르는 굳기 전에 즐겨라

목조주택이라도 콘크리트나 모르타르로 마감하는 곳이 있게 마련입니다. 콘크리트나 모르타르를 형틀에 붓거나 흙손으로 바른 뒤 굳히는 것으로 습식공법으로 마감하는 것이죠. 이런 습식공법의 특성을 활용하면 다양하고 재미있는 디자인을 표현할 수 있습니다. 콘크리트로 마감하려면 공사를 하는 회사의 협력을 얻어야 하지만, 모르타르로 마감하면 실패해도 다시 바를 수 있으니 가볍게 도전해볼 수 있습니다.

● 콘크리트, 모르타르로 재미있게

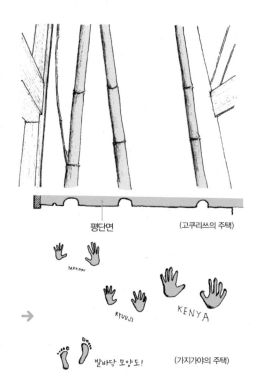

대나무 형틀에 콘크리트를 붓는다
대나무를 반으로 자르고 형틀에 부착해서 콘크리트를 붓는다. 형틀을 떼어내면 대나무 부분만 쏙 들어가서 부조한 듯한 모양이 됩니다.

평단면　　　　　(고쿠리쓰의 주택)

벽에 손바닥 모양을 만든다
아이들의 성장을 추억으로 남깁니다.

TAKAAKI

RYUUJI　　　KENYA

발바닥 모양도!　　　(가지가야의 주택)

5. 새세한 부분을 만듦음이 · 텍스처

토방에 돌을 일, 이, 삼 모양으로 박아넣기

일본 교토에 있는 슈가쿠인 리큐(修學院離宮) 등에서 볼 수 있는 전통적인 디자인을 참고합니다.

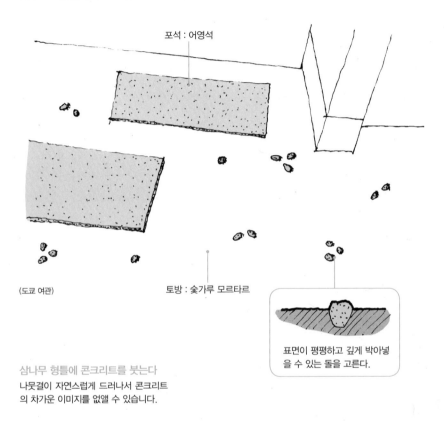

포석 : 어영석

(도쿄 여관)

토방 : 숯가루 모르타르

표면이 평평하고 깊게 박아넣을 수 있는 돌을 고른다.

삼나무 형틀에 콘크리트를 붓는다

나뭇결이 자연스럽게 드러나서 콘크리트의 차가운 이미지를 없앨 수 있습니다.

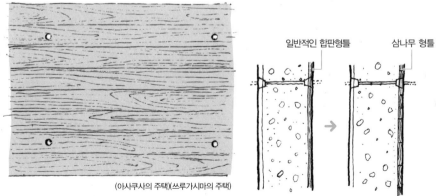

일반적인 합판형틀

삼나무 형틀

(아사쿠사의 주택)(쓰루가시마의 주택)

부드러운 타원, 원, 구멍이 있는 집

집 전체가 강렬하게 직선으로 구성되어 있더라도, 한 곳을 강조하는 장식효과로 원을 사용하면 부드럽고 유기적인 분위기를 자아낼 수 있습니다. 둥근 모양의 손잡이나 유리블록, 채광창 등을 별처럼 불규칙하게 배치하거나, 어딘가 한 곳에 달과 같은 둥근 모티브를 만들어 장식해보는 것은 어떨까요. 자신만의 감성을 살려서 자신의 집 구석구석에 그런 느낌을 표현해보면 좋을 것입니다.

● 별처럼 박아넣고, 달처럼 둥글게

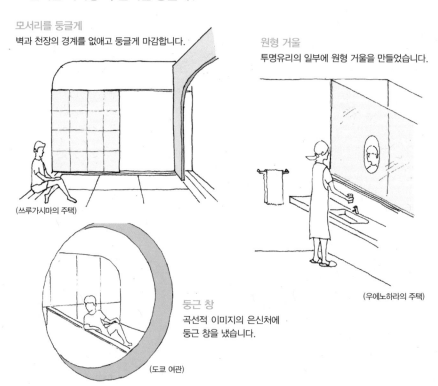

모서리를 둥글게
벽과 천장의 경계를 없애고 둥글게 마감합니다.

(쓰루가시마의 주택)

원형 거울
투명유리의 일부에 원형 거울을 만들었습니다.

(우에노하라의 주택)

둥근 창
곡선적 이미지의 은신처에 둥근 창을 냈습니다.

(도쿄 여관)

5. 세세한 부분을 만들어야 · 둥그런 디자인

눈동자 유리블록

폐쇄적인 욕실에 둥근 유리 블록을 눈동자처럼 배치해서 재미있는 공간으로.

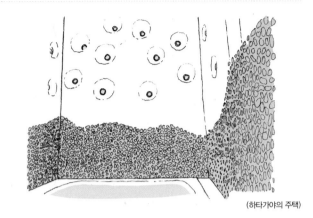

(하타가야의 주택)

빛을 내는 선반

네모진 방의 한 구석에 원 모양의 장식 선반을 설치합니다. 둥글게 구멍을 내고 내부에 조명을 설치한 뒤 반투명 아크릴판으로 덮어 놓으면 됩니다. 유리 그릇 등을 올려놓고 내부의 조명을 밝히면 우아한 모습이 드러납니다.

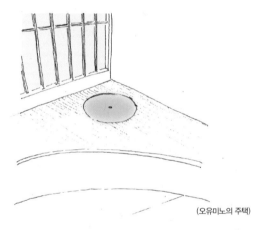

(오유미노의 주택)

묘성(昴星) 창

원래는 화장실 안에 사람이 있는지 없는지 알기 위해, 또는 사람이 없는데 전등이 켜있는 것을 방지하기 위해 낸 작은 구멍을 말합니다. 이 묘성 창을 화장실이 아니라 아버지 방문에 만들어보세요.

화장실용 작은 채광창을 별자리처럼 박아 놓는다.

(하스네의 주택)

둥근 구멍을 낸 아버지와 아들의 손잡이

아이들용은 작은 구멍을 낮게, 어른용은 큰 구멍을 높게 설치한다. 일종의 유니버설 디자인.

(게미가와의 주택)

등불을 떠올리며 조명 계획을

최근에는 방마다 조명의 밝기를 달리 할 수 있는 시설이 갖춰져 있는 집들이 많습니다. 집에서 일하는 경우가 아니라면 군이 집 안의 조명을 지나치게 밝게 할 필요는 없습니다. 작업 공간은 별도로 하고, 휴식 공간이나 침실은 햇빛처럼 밝은 불빛이 아니라 은은히 비추는 등불을 떠올리며 조명 계획을 세우는 것이 좋습니다. 또한 눈이 부시지 않고 불빛이 직접 눈에 들어오지 않는 간접조명도 적절하게 배치해야 합니다.

● 용도에 따라 조명 기구를 설치한다

다양한 조명 기구
각 조명의 특징을 살려서, 또는 조명의 위치를 이동시켜서 필요한 불빛을 얻습니다.

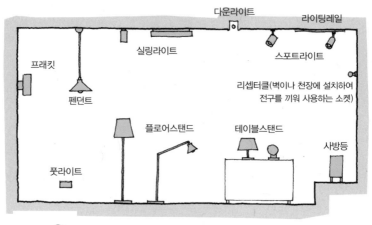

백열전구

집광(集光), 산광(散光), 조광(調光) 등을 할 수 있으며, 따뜻한 빛이 나옵니다. 전력 사용량 중 5%만 빛을 내고 95%는 발산되어 에너지 효율이 떨어지는 단점이 있어 2012년부터는 제작이 중단되었습니다.

형광등

수명이 길고 열이 적게 납니다. 제품에 따라 LED보다 효율이 좋은 제품이 있습니다. 수은가스의 문제로 백열전구처럼 사라질 가능성이 있습니다.

LED

효율이 좋고 수명이 길기 때문에 비싸지만 서서히 보급되고 있습니다. 차갑고 눈부신 단점이 있지만 지금은 주택에 맞게 개량되었습니다.

● '은근한 빛'을 내는 간접조명

광원을 보여주지 않고 반사시켜 비추는 것이 포인트

반사광에 의한 조명

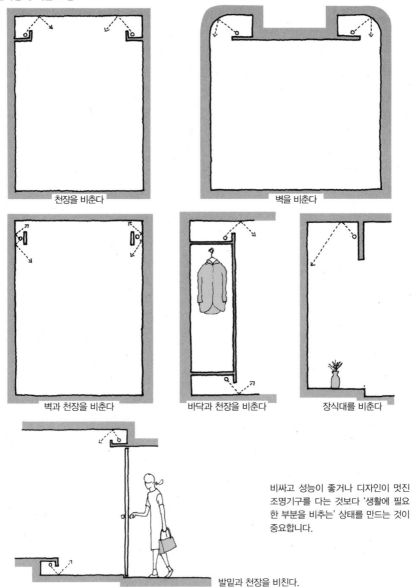

천장을 비춘다

벽을 비춘다

벽과 천장을 비춘다

바닥과 천장을 비춘다

장식대를 비춘다

비싸고 성능이 좋거나 디자인이 멋진 조명기구를 다는 것보다 '생활에 필요한 부분을 비추는' 상태를 만드는 것이 중요합니다.

발밑과 천장을 비친다.

숨어서 일하는 에어컨

사계절이 뚜렷한 곳에서는 아무리 햇빛을 차단하고 바람을 통하게 하고 단열성을 높여도, 냉난방 시설이 없이는 생활할 수가 없습니다. 에어컨은 본체뿐만 아니라 실외기도 충분히 주의를 기울여서 설치해야 합니다. 또한 거실에는 조금 돈이 들더라도 빌트인 유형으로 하고, 그 밖의 공간에는 벽에 붙이는 유형으로 하는 것이 좋습니다. 이처럼 '냉방병'에 걸리지 않기 위해서 확실하게 계획을 세울 필요가 있습니다.

사람은 물론 생물에게도 시원한 바람을 부드럽게

에어컨을 쓰고 싶지 않다면 더위를 피하는 방법으로 조상의 지혜를 활용합니다.

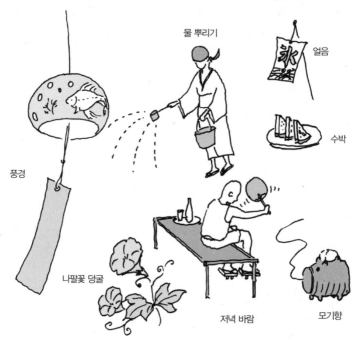

물 뿌리기

얼음

수박

풍경

나팔꽃 덩굴

저녁 바람

모기향

5. 세세한 부분을 만듦새이 • 에어컨

● 냉방병에 걸리지 않기 위해 에어컨을 적절하게 사용한다

벽걸이 에어컨을 숨기는 방법

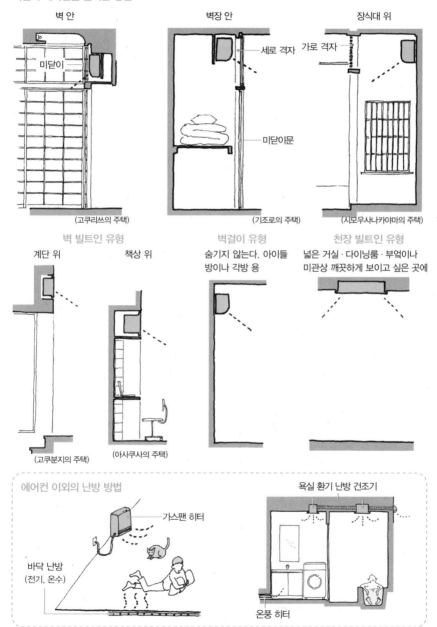

벽 안

미닫이

(고쿠리쓰의 주택)

벽장 안

세로 격자

미닫이문

(기조로의 주택)

장식대 위

가로 격자

(시모우사나카야마의 주택)

벽 빌트인 유형

계단 위

(고쿠분지의 주택)

책상 위

(아사쿠사의 주택)

벽걸이 유형

숨기지 않는다. 아이들
방이나 각방 용

천장 빌트인 유형

넓은 거실 · 다이닝룸 · 부엌이나
미관상 깨끗하게 보이고 싶은 곳에

에어컨 이외의 난방 방법

가스팬 히터

바닥 난방
(전기, 온수)

욕실 환기 난방 건조기

온풍 히터

컨트롤러

우리 집의 사령탑은 어디에?

설비기기는 대부분 전기에 의해 제어되고 있습니다. 심지어 가스 급탕기조차 전기가 없으면 사용할 수 없습니다. 그에 따라 설비기기를 조정하는 컨트롤러가 하나둘 늘어나고 있어, 그것을 설치하는 위치도 생각해두어야 합니다. 또한 손으로 쓴 메모나 청구서 등도 눈에 띄는 곳에 두는 편이 좋겠죠. 이런 것들을 효율적으로 관리할 수 있도록 미리 보관 장소를 정해두어야 합니다.

● 계속 증가하는 컨트롤러의 종류

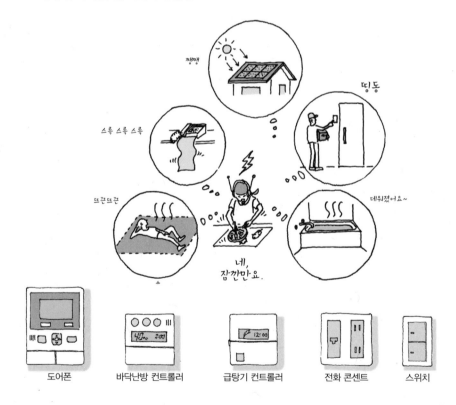

도어폰   바닥난방 컨트롤러   급탕기 컨트롤러   전화 콘센트   스위치

집의 중추신경 구역

컨트롤러를 관리할 뿐만 아니라 가족 간의 전달사항이나 메모 등도 붙여놓을 수 있게 해놓으면 편리합니다.

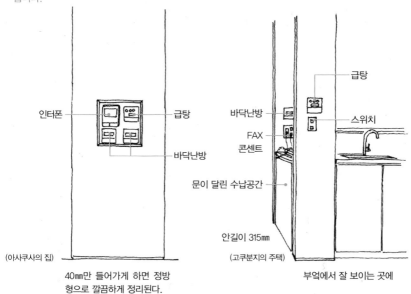

(아사쿠사의 집)

40mm만 들어가게 하면 정방형으로 깔끔하게 정리된다.

(고쿠분지의 주택)

부엌에서 잘 보이는 곳에

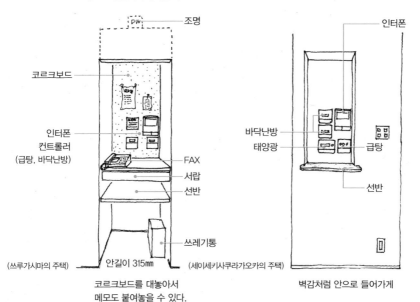

(쓰루가시마의 주택)

코르크보드를 대놓아서 메모도 붙여놓을 수 있다.

(세이세키사쿠라가오카의 주택)

벽감처럼 안으로 들어가게

좋은 집은 생활의 소리도 디자인한다

전혀 소리가 나지 않는 방에서 오래 있으면 몸과 마음이 불안정해진다고 합니다. 인간이 살아가기 위해서는 어느 정도 소리가 필요하다는 얘기지요. 물이 끓는 소리에 생동감을 느끼거나 희미하게 흘러나오는 음악에 마음이 치유되기도 합니다. 하지만 왠지 기분이 나쁜 날은 그런 소리들이 소음으로 들릴 뿐입니다. 그래서 소리를 부드럽게 하는 공간, 즉 소리를 조금씩 확산시키거나 흡음시키는 방이 필요합니다.

● 집에서 나는 다양한 소리들

흡음과 확산으로 생활의 소리를 부드럽게

소리가 흡수되거나 확산되지 못하면…

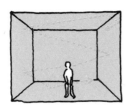

소리는 계속 반사합니다.

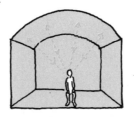

특히 곡면은 소리가 한곳에 모이고 반향합니다.

입사각＝반사각

방 안의 모양을 이용해서 소리를 확산, 난반사시킨다.

방 안에 적당하게 들어가
고 나온 부분이 있으면
소리 환경에 좋습니다.

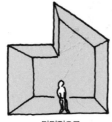

단면적으로

평면적으로

벽의 소재로 흡음과 확산을

표면이 거친 소재는 소리를 한층 확산시킵니다.

천장의 소재로 흡음

부엌이나 화장실의 천장에 사용하
면 좋습니다.

시멘트 미장 벽
(붓이나 솔로 마감)

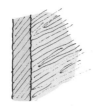

거친 목재

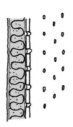

유공판과 유리솜

암면흡음판

인테리어로 해결하는 방법

소파, 커튼, 카펫, 책장 등도 소리
를 흡수하거나 확산시킵니다.

가습기 정말로 필요할까요

고온다습한 날씨 때문에 습기는 여름의 문제라고 생각하기 쉽습니다. 하지만 습기는 오히려 겨울에 주의해야 합니다. 요즘에 바이러스는 습기에 약하다고 해서 가습기를 사용하는 집이 늘고 있는데, 그러면 창문 유리에 결로가 생기고 맙니다. 이것은 결코 웃어넘길 수 없는 문제이며 온습도계로 살펴보며 틈틈이 환기를 시켜야 합니다. 사방이 꽉 막혀 공기가 통하지 못하는 주택일수록 실내의 습기는 쉽게 사라지지 않습니다. 또한 옷이나 이불의 수납공간에도 공기가 통하도록 해두어야 합니다.

● 가습기를 끄고 바로 환기를!

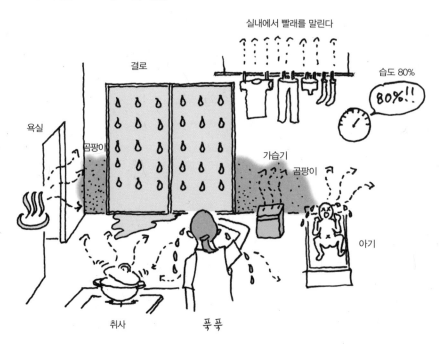

5. 세세한 부분을 빈틈없이 · 습기 대책

● 습기가 없는 쾌적한 생활을

공기의 흐름이 정체되지 않도록 한다.

흡습성과 방습성이 좋은 벽장
벽장 내부에 삼나무를 대어 흡습성과 방습성 확보합니다.

통기성이 좋은 벽장
위와 아래에 통기 구멍을 설치합니다.

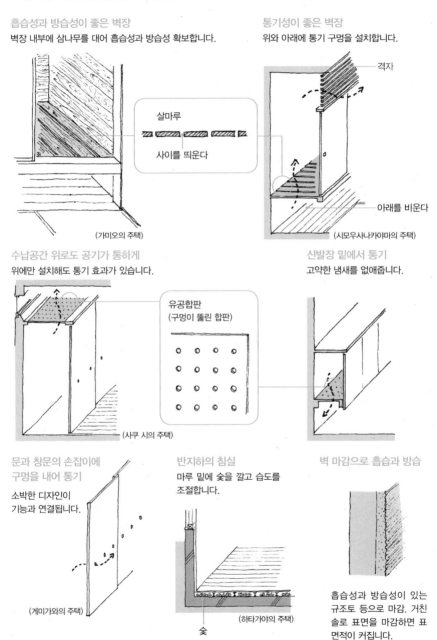

살마루

사이를 띄운다

(가미오의 주택)

격자

아래를 비운다

(시모우사나카야마의 주택)

수납공간 위로도 공기가 통하게
위에만 설치해도 통기 효과가 있습니다.

신발장 밑에서 통기
고약한 냄새를 없애줍니다.

유공합판
(구멍이 뚫린 합판)

(사쿠 시의 주택)

문과 창문의 손잡이에 구멍을 내어 통기
소박한 디자인이 기능과 연결됩니다.

(게미가와의 주택)

반지하의 침실
마루 밑에 숯을 깔고 습도를 조절합니다.

숯

(하타가야의 주택)

벽 마감으로 흡습과 방습

흡습성과 방습성이 있는 규조토 등으로 마감. 거친 솔로 표면을 마감하면 표면적이 커집니다.

157

방범 대책과 피난 대책을 동시에 생각한다

아파트와 달리 개인주택은 문을 크게 만들 수 있지만, 그만큼 외부에서 침입하기가 쉽습니다. 그렇다고 해서 모든 창에 창살을 설치하면 안락한 기분이 감소될 뿐만 아니라 재해가 발생했을 때 피난하기도 어렵습니다. 무엇보다 현관에서 불이 나면 어디로 빠져나가야 할지를 미리 생각해둘 필요가 있습니다. 또한 외부 공간을 어떻게 배치하면 안전한지도 생각해야 합니다. 외출 시에는 집 안에 사람이 있는 것처럼 보이게 하는 것도 좋은 방법입니다.

● 방범 대책은 완벽하다, 그런데 피난 대책은?

빈집을 털려서 돈을 잃어버렸다고 해도 불행 중 다행. 사람의 생명은 그 무엇과도 바꿀 수 없는 법…

방범과 피난 대책은 빈틈없이

만약 현관에서 불이 났다면…
모든 창에 창살이 달려 있으면 피신할 수 없다.

현관 이외에 도피로를 만든다.

창살이 없는 창

베란다

쿠션 역할을
하는 나무

소제창 아니면 뒷문

큰 창문의 방범 대책
방범 유리나 철망이 들어간 유
리를 끼워넣는다. 방범 유리는
CP마크의 폴리카보네이트 필
름이 끼워진 유리로 설치.

방범 셔터
(덧문에도 가능)

CP마크
방범 건물 부품
CP=Crime Prevention

작은 창의 방범 대책
창살이나 방범 유리, 철망이 들
어간 유리를 사용한다. 큰 유리
보다 깨지기 어렵다.

● 다양한 방범 대책

건물 설계에 따른 대책뿐만 아니라 나중에 방범 장치를 달거나 생활습관으로도 방범 대책을 세울 수 있습니다.

5. 세세한 곳까지 빈틈없이 · 방범과 피난 대책

센서식 방범등
지나치게 도로 쪽으로 향해 있으면 매일 지나다니는 동네 사람들이 싫어하겠죠.

찰칵

타이머식 방범등
사람이 없어도 어두워지면 점등되고 절전을 위해 심야에는 꺼지도록 설정할 수 있습니다.

사람의 기척을 느끼게 한다
밤이나 외출 시에는 부엌 등에 전기나 TV를 켜놓습니다.

모래를 깐다
집 주변에 모래를 깔아놓으면 밟을 때마다 소리가 납니다. 다만 길고양이가 많은 지역에서는 배설물이 쌓일 수 있습니다.

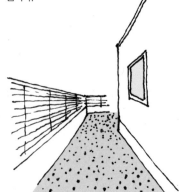

우편함은 크게
부재 시 우편물이 쌓이지 않도록 합니다.

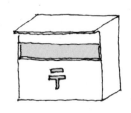

저는 1995년부터 2014년까지 20년 가까이 건축 설계를 해왔습니다. 이 책은 그것에 대한 기록이며 다큐멘터리라고 할 수 있습니다. 20년 전 당시 스물아홉 살짜리 햇병아리가 자칭 건축가라고 거들먹거리며 독립해 건축사무소를 차렸습니다. 처음에는 건축 잡지의 표지를 장식할 만한 '작품'을 만들겠다는 야무진 꿈을 갖고 건축 설계를 시작했습니다. 그러다가 다양한 개성을 지닌 건축주들과 대화를 거듭해나가면서 언제부터인가 그런 생각은 싹 사라져버리고 말았습니다. 건축주의 꿈이나 요망을 최대한 받아들이고, 그 꿈들이 누더기가 되지 않도록 아름답게 짜깁기하는 능력이 주택을 설계하는 건축가에게 필요하다는 사실을 깨달았기 때문입니다.

하지만 다른 건축가의 홈페이지나 포트폴리오에서 깔끔한 그라비어(사진 제판법에 의한 오목판 인쇄로 풍부한 그라데이션 효과와 입체감을 살린 사진 기법) 풍의 사진으로 찍은 엇비슷한 분위기의 주택들을 보면 부럽다는 생각이 들기도 합니다. 그들에게는 "이런 작풍의 건축을 하시는군요. 이런 느낌으로 부탁드립니다" 하며 건축주도 분명히 안심하고 의뢰할 수 있겠지요.

그런데 제가 지금까지 설계한 집들은 언뜻 보면 모양도 제각각이고 정해진 스타일도 없어서 어떤 유형의 주택인지 딱 잘라 말하기가 어렵습니다. 건축주마다 개성이 다르고 원한 스타일도 다르니 다양한 건축물을 짓는 것이 당연하다고 나 자신에게 설명하면서도, 단순히 건축주의 요구에 따라 집을 지었던 것은 아닐까 하는 생각이 들어 기분이 침울해지곤 했습니다.

현대적 건축이든 전통적 건축이든 제 마음 깊은 곳을 흐르고 있는 건축관은 같다고 생각합니다. 그럼에도 좀처럼 그것을 제 힘으로 유형화할 기회를 얻지 못했습니다. 그러던 차에 오랫동안 알고 지내던 출판사에서 집짓기에 관한 책을 써보지 않겠냐고 권유했습니다.

그 뒤 먼지를 잔뜩 뒤집어쓴 십여 년 전의 도면 등을 꺼내어 어떤 의미에서는 '저 자신을 해부하는 일'을 시작했습니다. 한 번 쓰고 만 아이디어, 몇 번이고 되풀이 사용한 공간 배치, 공간 배치를 할 때의 습관 등을 정리해가면서 서서히 집짓기의 레시피 같은 것이 머리에 떠올랐습니다.

그리고 정말 소중하게 하고 싶은 일이나 전해주고 싶은 일은 처음부터 아무

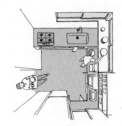

것도 변하지 않았으며, 앞으로도 분명히 변하지 않으리라는 사실을 깨닫고 조금이나마 안심이 되었습니다.

　이 책을 손을 쥐고 읽으면서 집짓기의 즐거움을 느끼고, '만약 나였다면 이렇게 하겠다'라는 아이디어가 솟아나온다면 저자로서 이보다 더 기쁜 일은 없겠습니다.

오시마 겐지

집짓기 해부도감

1판 1쇄 인쇄 | 2018년 7월 18일
1판 8쇄 발행 | 2024년 4월 19일

지은이 | 혼마 이타루
옮긴이 | 노경아

발행인 | 김기중
주간 | 신선영
편집 | 민성원 , 백수연 , 정진숙
마케팅 | 김신정, 김보미
경영지원 | 홍운선

펴낸곳 | 도서출판 더숲
주소 | 서울시 마포구 동교로 43-1 (04018)
전화 | 02-3141-8301~2
팩스 | 02-3141-8303
이메일 | info@theforestbook.co.kr
페이스북 | @forestbookwithu
인스타그램 | @theforest_book
출판신고 | 2009 년 3 월 30 일 제 2009-000062호

ISBN 979-11-86900-56-7 (13590)

- 이 책은 도서출판 더숲이 저작권자와의 계약에 따라 발행한 것이므로
  본사의 서면 허락 없이는 어떠한 형태나 수단으로도 이 책의 내용을 이용하지 못합니다 .
- 잘못된 책은 구입하신 곳에서 바꾸어 드립니다.
- 책값은 뒤표지에 있습니다.
- 독자 여러분의 원고를 기다리고 있습니다. 출판하고 싶은 원고가 있는 분은
  info@theforestbook.co.kr로 기획 의도와 간단한 개요를 적어 연락처와 함께 보내주시기 바랍니다.